हिन्द पॉकेट बुक्स

कहावतों की रोचक कहानियां

डॉ. प्रताप अनम का जन्म 15 सितम्बर 1947 में उत्तर प्रदेश के इटावा नगर में हुआ था। आपने एम. ए. करने के बाद पीएच.डी. की, जिसमें साहित्य ढूँढ़ना और उस पर शोध, दोनों ही प्रकार के कार्य शामिल थे। आपने हिंदी प्राच्य संस्थानों तथा पुस्तकालयों में प्राचीन पांडुलिपियों और ग्रंथों का अध्ययन किया। लोक साहित्य, हस्तशिल्प कला एवं कला में विशेष रूचि रही है। *कंचनरेखा* त्रैमासिक पत्रिका का संपादन एवं प्रकाशन किया। दिल्ली में आने के बाद 1978-79 में *श्री अरविंदों कर्मधारा* मासिक पत्रिका का संपादन किया। इसके बाद स्वतंत्र रूप से साहित्य लेखन, संपादन तथा पत्रकारिता आरम्भ की। कहावतों की रोचक कहानियां नामक इस पुस्तक को हिंदी अकादमी, दिल्ली ने सम्मानित किया है।

कहावतों की रोचक कहानियां

कहावतों के जन्म और प्रचलन की लोक–कथाएं

डॉ. प्रताप अनम

हिन्द पॉकेट बुक्स
पेंगुइन रैंडम हाउस इम्प्रिंट

हिन्द पॉकेट बुक्स

यूएसए | कनाडा | यूके | आयरलैंड | ऑस्ट्रेलिया | सिंगापुर
न्यू ज़ीलैंड | भारत | दक्षिण अफ्रीका | चीन

हिन्द पॉकेट बुक्स, पेंगुइन रैंडम हाउस ग्रुप ऑफ़ कम्पनीज़ का हिस्सा है,
जिसका पता global.penguinrandomhouse.com पर मिलेगा

पेंगुइन रैंडम हाउस इंडिया प्रा. लि.,
चौथी मंजिल, कैपिटल टावर -1, एम जी रोड,
गुड़गांव 122 002, हरियाणा, भारत

पेंगुइन
रैंडम हाउस
इंडिया

प्रथम हिन्दी संस्करण हिन्द पॉकेट बुक्स द्वारा 2005 में प्रकाशित
यह हिन्दी संस्करण हिन्द पॉकेट बुक्स में पेंगुइन रैंडम हाउस द्वारा 2022 में प्रकाशित

10 9 8 7 6 5 4 3 2

ISBN 9789353493288

मुद्रकः रेप्रो इंडिया लिमिटेड

www.penguin.co.in

MIX
Paper from responsible sources
FSC® C047271
FSC www.fsc.org

This is a legitimate digitally printed version of the book and therefore might not have certain extra finishing on the cover.

आपसे बात

आपके लिए यह एक ऐसी किताब है, जो कहावतों के बहाने आपको कहावतों की अन्दर की कहानियां सुनाएगी, यानी किसी ज़माने में अचानक कहावतों के बनने और उनके सारे लोक में चल पड़ने की रोचक कथा सुनकर आप हैरान रह जाएंगे। तब आप समझ पाएंगे कि सैकड़ों-हज़ारों साल से चली आ रही ये सीधी-सादी कहावतें अपने भीतर कैसा मर्म छिपाए हुए हैं।

हां, सचमुच ये मर्म को भेदने वाली एक पंक्ति की अपने-आप में छोटी-छोटी कथाएं ही हैं, जिन्हें इस पुस्तक में विस्तार दिया गया है। यह विस्तार भी अपने में सच्चा और खोजपूर्ण है। लोक-साहित्य के गहरे जानकार डॉ. प्रताप अनम ने सही मायने में उन्हें खोजने और फिर उनको रोचक ढंग से उसके असली रूप में लिखने में कड़ी मेहनत की है। अब आप देखिए कि 'कहां राजा भोज, कहां गंगू तेली', बस, इसी पंक्ति को पढ़ने से आपको लगेगा कि यह तो सचमुच अपने में एक कथा है और आपके मन में एकदम कथा बननी शुरू हो जाएगी – एक राजा था। भोज जिसका नाम था। उसके राज में एक तेली रहता था। उसका नाम गंगू था।

ये कहावतें अपने भीतर गहरे तथा दूर तक ले जाने वाले अर्थ छिपाए रहती हैं। प्रयोग करने पर उनकी ताकत आपकी बातचीत

को, आपके भाषण को, आपके उपदेश को चुटीला और मुहावरेदार बना देगी। आपकी भाषा को निखारना और सोच को गहरा तथा धारदार बनाना इन कहावतों का असली काम है। कहावतों का यह ख़ज़ाना वास्तव में ज्ञानी और तपे हुए बुजुर्गों के लोक-व्यवहार में किए गए तजुर्बों का कमाल है। इसीलिए ये भावनाओं से भरी होती हैं और होता है इनमें अनगढ़ व्यंग्य, यानी ताना-उलाहना देने की मज़बूती। इसीलिए उनके बारे में कहा गया है – देखन में छोटी लागें, धाव करें गम्भीर। तो आइए, इस संकलन की कहानियां पढ़कर अपनी भाषा और विचारों को समृद्ध बनाएं।

सम्पादक

अनुक्रम

कहां राजा भोज, कहां गंगू तेली

उज्जयिनी का राजा भोज बहुत पराक्रमी और विद्वान था। वह हमेशा विद्वान और कलाविदों का आदर-सत्कार करता रहता था। इसीलिए उसके दरबार में कालिदास, भवभूति जैसे तमाम विद्वान पंडित मौजूद थे। इस बात का उसे बड़ा गर्व था कि उसके दरबार में ऐसे विद्वान हमेशा बने रहते हैं।

आएदिन भोज के दरबार में शास्त्रार्थ होते रहते थे। विद्वानों का सम्मान होता था। एक दिन उज्जयिनी में एक भट्टाचार्य आया। उसकी अनोखी वेशभूषा के कारण सभी लोग देखने के लिए इकट्ठे हो गए। भट्टाचार्य ने अपना शिष्य राजा भोज के दरबार में भेजा। उस शिष्य ने राजा भोज को बताया कि मेरे गुरु आपके विद्वानों से शास्त्रार्थ करना चाहते हैं। वे मारवाड़, गुजरात आदि के विद्वानों को हराते हुए चले आ रहे हैं।

राजा भोज ने उसके साथ अपना हरकारा भेजते हुए कहा, "जाओ, भट्टाचार्य जी को सम्मान के साथ लिवा लाओ और उनके ठहरने की व्यवस्था कर दो।" साथ ही अपने दरबार की पंडित-सभा को शास्त्रार्थ करने के लिए तैयार रहने के लिए भी कह दिया।

राजा भोज का दरबार लगा हुआ था। दरबार के सभी पंडित शास्त्रार्थ के लिए अपने-अपने आसन पर विराजमान थे। भट्टाचार्य के आने का इन्तज़ार किया जा रहा था। थोड़ी देर बार भट्टाचार्य ने अपने

शिष्य के साथ प्रवेश किया।

भट्टाचार्य की वेशभूषा देखकर लोगों को आश्चर्य हुआ। कुछ लोगों के होंठों पर हंसी आ गई। भट्टाचार्य के सिर पर हाथी को वश में करने वाला अंकुश बंधा था। गले में कंठे जैसा आभूषण पहने था। पेट पर एक वस्त्र लपेटे था। मुंह में एक तिनका दबाए हुए था। उसके शिष्य के पास एक नसेनी (सीढ़ी) थी और एक हाथ में कुदाल था।

राजा भोज उठे और भट्टाचार्य को लेकर उनके आसन तक गए और फिर अपने सिंहासन पर वापस आ गए। शास्त्रार्थ आरम्भ हुआ। राजा भोज के सभी विद्वान एक-एक करके हार गए। सबको हराने के बाद भट्टाचार्य ने कहा, "राजन, आपकी नगरी में चार-पांच दिन रुका हूं। कोई और पंडित बचा हो, तो शास्त्रार्थ के लिए बुला सकते हैं।" इतना कहकर वह अपने शिष्य के साथ चला गया।

अपने पंडितों की हार के कारण राजा भोज को रात-भर नींद नहीं आई। सुबह जागे तो मन भारी-भारी था। सभी कामों से मन उचटा-उचटा था। उस दिन राजा भोज दरबार नहीं गए। वह चित की शान्ति के लिए जंगल में घूमने के लिए अकेले ही चले गए।

राजा भोज जब जंगल से वापस आ रहे थे, उनकी नज़र एक तेली पर पड़ी। तेली घानी से तेल निकाल रहा था। भोज उसे कुछ क्षण खड़े-खड़े देखते रहे। भोज ने तेली के सुडौल शरीर और चेहरे पर तेज देखा। हालांकि तेली काना था, लेकिन कुल मिलाकर शानदार लग रहा था। कुछ बुद्धिमान जान पड़ा।

राजा भोज ने उसके पास जाकर पूछा, "तुम्हारा नाम क्या है?"

तेली खड़ा हो गया और प्रणाम करते हुए उत्तर दिया, "मेरा नाम गंगू है।" इतना कहकर वह भोज को देखता रह गया। मन में सोचा ज़रूर यह कोई राजा है।

गंगू की हालत देखते हुए भोज ने कहा, "घबराओ नहीं, मैं भोज हूं। मेरे साथ चलकर एक व्यक्ति से बात कर सकते हो?"

"आपकी आज्ञा कैसे टाल सकता हूं महाराज।" और तैयार होकर गंगू तेली राजा भोज के साथ चल दिया।

राजा भोज ने तेली को सब-कुछ समझा दिया था। उन्होंने कहा कि तुम अपने हिसाब से प्रश्नों के उत्तर देना। किसी प्रकार का संकोच न करना। राजा ने गंगू तेली के बारे में किसी को कुछ नहीं बताया। दूसरे दिन गंगू को अच्छे कपड़े और गहने पहनाकर एक जगह बैठा दिया गया। उधर भट्टाचार्य को पहले ही दरबार में बुलवा लिया गया था। जब दरबार में पंडित के रूप में गंगू तेली आया, तो राजा भोज सिंहासन से उतरकर खड़े हो गए। राजा के देखा-देखी दरबार के सभी लोग खड़े हो गए। भोज ने गंगू को प्रणाम किया और ले जाकर भट्टाचार्य के पास शास्त्रार्थ स्थल पर बैठा दिया, फिर दरबार के सभी पंडितों और विद्वानों को गंगू के पीछे बैठा दिया, ताकि उसका मनोबल बना रहे।

शास्त्रार्थ आरम्भ हुआ। भट्टाचार्य ने पहले सिर से पैर तक गंगू को देखा। भट्टाचार्य ने सोचा कि आज हम पंडितों को अपनी मूक शैली का प्रदर्शन करके दिखाते हैं। यह सोचकर उसने बिना बोले ही गंगू की तरफ़ एक अंगुली उठाई। उसे क्रोध आ गया, लेकिन उसने तुरन्त क्रोध

पर क़ाबू पा लिया। उसने सोचा कि इसने मुंह से कुछ नहीं कहा। अंगुली उठाकर इशारा किया कि तेरी एक बची आंख भी फोड़ दूंगा। मैं भी इसको इशारे से जवाब दूंगा। गंगू ने भट्टाचार्य की ओर दो अंगुलियां उठा दीं। दोनों अंगुलियां सामने करते हुए गंगू ने मन-ही-मन कहा कि तू मेरी एक आंख फोड़कर अन्धा करना चाहता है। मैं तेरी दोनों आंखें फोड़कर अन्धा बना दूंगा। यह देखकर भट्टाचार्य दंग रह गया। उसने सोचा कि मैंने तो कहा था कि जगत में एक ही शक्ति है 'शिव', लेकिन इसने दो अंगुलियां दिखाकर बताया कि 'शिव' के साथ 'शक्ति' भी है। इसलिए इसने दो अंगुलियां सही उठाई हैं।

अबकी बार भट्टाचार्य ने अपना खुला पंजा उसकी ओर बढ़ा दिया। गंगू का मुंह फिर क्रोध से तमतमा गया। उसने सोचा कि यह कह रहा है कि थप्पड़ मारूंगा। यह सोच गंगू ने भी बन्द मुट्ठी आगे बढ़ा दी और मन में कहा कि तू क्या समझता है? मैं थप्पड़ का जवाब घूंसे से दूंगा।

यह देखकर भट्टाचार्य के चेहरे पर हवाइयां उड़ने लगीं। भट्टाचार्य सोचने लगा कि मैंने तो कहा था कि पांच इन्द्रियां बहुत चंचल होती हैं। इन पर क़ाबू पाना मुश्किल है, लेकिन इसने बताया कि इन इन्द्रियों को संयम द्वारा जीता जा सकता है। यह विचार आते ही भट्टाचार्य ने ख़ुद को हारा हुआ समझ लिया।

उसी समय भट्टाचार्य ने अपने सिर पर बंधा हुआ अंकुश उतारकर फेंक दिया। पेट पर लिपटे हुए कपड़े को भी उसने अलग कर दिया। शिष्य से नसेनी लेकर टुकड़े-टुकड़े कर दिए। कुदाल को भी उसने फेंक दिया और तिनका तोड़-मरोड़कर नष्ट कर दिया। वह गंगू तेली के चरणों में गिर पड़ा और अपनी हार मान ली, फिर उठा और अपने शिष्य के साथ चला गया।

दरबार में ख़ुशी की लहर दौड़ गई। राजा भोज उठा और गंगू को अपनी बांहों में भर लिया। इतना ही नहीं। राजा भोज ने गंगू को अपने

बराबर सिंहासन पर बैठाया। राजा भोज की पंडित-सभा ने भी गूंग को बहुत सम्मान दिया।

राजा भोज ने गंगू तेली को अपने दरबार में हमेशा के लिए जगह दे दी। कुछ दिन बाद राजा भोज को पता चला कि गंगू तेली की बुद्धि बहुत तेज़ है। वह आए दिन राज-काज में गंगू तेली की राय लेने लगा। बाद में सबको पता चल गया कि यह बुद्धिमान आदमी इसी नगर का गंगू तेली है। दोनों में इतना प्यार बढ़ा कि भोज ने महल के पास ही उसके रहने के लिए भवन बनवा दिया।

राजा भोज और गंगू तेली नगर में साथ-साथ निकलते। उनको संग-संग देखकर नगर के लोग कहते, "कहां राजा भोज, कहां गंगू तेली। आज दोनों साथ-साथ रहते हैं।"

दौलत अन्धी होती है

एक बार दिल्ली में एक प्रसिद्ध गवैया आया। उस समय दिल्ली का बादशाह तैमूरलंग था। बादशाह का नाम तो तैमूर था, लेकिन उसके एक पैर में लंग था यानी लंगड़ाकर चलता था, इसीलिए लोग उसे तैमूरलंग कहते थे। जब बादशाह को उस गवैये के आने की ख़बर मिली, तो उसका कार्यक्रम रखा गया।

दरबार भरा हुआ था। उसमें दिल्ली के जाने-माने तथा सेठ-साहूकार लोग भी मौजूद थे। गवैये को संगत देने के लिए शाही संगीत वादक बुलवाए गए थे। पूरे दरबार में सबकी निगाहें उस गवैये पर टिकी हुई थीं। गवैये ने जब गाना शुरू किया, तो ख़ूब वाह-वाह हुई। सभी लोगों ने उसकी जमकर प्रशंसा की।

तैमूरलंग ने प्रसन्न होकर हुक्म दिया कि गवैये को उसके पास लाया जाए। गवैया अन्धा था, इसलिए एक व्यक्ति उसको लेकर बादशाह के पास पहुंचा। बादशाह ने अशर्फ़ियों से भरा हुआ एक थाल उसे देते हुए कहा, "लो कलाकार मैं तुम्हारी गायकी से बहुत ख़ुश हुआ। यह छोटा-सा तोहफ़ा मंज़ूर करो।"

गवैये ने हाथ जोड़े और हाथों को आगे बढ़ाकर थाल ले लिया। बादशाह को इसका नाम जानने का मन हुआ। उसने पूछा, "तुम्हारा नाम क्या है?"

"जहांपनाह, मेरा नाम दौलत है।" गवैये ने हाथ जोड़ते हुए कहा।

नाम सुनते ही तैमूरलंग को कुछ मज़ाक़ सूझा। उसने गवैये से कहा, "दौलत भी अन्धी होती है क्या?"

गवैये को मालूम था कि तैमूरलंग लंगड़ाकर चलता है। यह ध्यान में रखते हुए तुरन्त उसने उत्तर दिया, "जहांपनाह, दौलत अन्धी होती है, तभी तो लंगड़े के यहां आई है।"

गवैये का उत्तर सुनकर दरबार में सन्नाटा छा गया। लोगों ने सोचा कि आज कुछ बुरा घटने वाला है, लेकिन ऐसा कुछ नहीं हुआ। बादशाह गवैये के बहादुरी से भरे उत्तर पर प्रसन्न हुआ तथा उस गवैये को और भी धन देने का हुक्म दिया।

आठ कन्नौजिया नौ चूल्हे

एक गांव में पं. गयाप्रसाद रहते थे। उनके पिता की तेरहवीं में ऐसा वातावरण था जैसे कोई शादी हो। बस ढोलक की गमक और गीतों की झड़ियां नहीं थीं। शान्त वातावरण था। सब-कुछ वैसा-का-वैसा ही था। बच्चे नए कपड़े पहने खेल रहे थे। लोग जगह-जगह बैठे बतिया रहे थे।

घर के सामने जाज़म बिछी थी। जाज़म पर मेहमान और गांव वाले बैठे थे। घर के लोग काम-काज में लगे हुए थे। पं. गयाप्रसाद और कुनबे के बड़े पुरुष सिर मुंडाए हुए थे और सिर पर साफ़े बांध रखे थे।

वहीं एक ओर पूरियां सेंकी जा रही थीं। सब्ज़ियां और रायता तैयार था। पत्तल और कुल्हड़ सब एक कोने में रखे हुए थे। घर के अन्दर तेरहवीं की श्राद्ध-पूजा हो चुकी थी। पूजा में आए ब्राह्मणों को दान दे दिया गया था, फिर भी उनमें आपस में चिक-चिक चल रही थी। उनसे खाना खाने को कहा जा रहा था। वे बने हुए भोजन को खाने को तैयार नहीं थे। ब्राह्मणों ने कहा कि हमें सब सामान दे दो। अपना भोजन हम ख़ुद बनाएंगे। जितनी- जितनी वस्तुएं मांगी थीं, सब दे दीं, फिर भी वे आपस में लड़ रहे थे।

लड़ने वाले ब्राह्मणों में एक शुक्ल जी भी थे। वह बोल रहे थे कि हमारा अधिक रुतबा है। हम ऊंची ब्राह्मण जाति के हैं। अपने से निचले ब्राह्मण का बना भोजन नहीं कर सकते। इसी प्रकार त्रिपाठी, बाजपेयी,

पांडेय, अवस्थी आदि सब अपने-अपने को ऊंचा ब्राह्मण और अन्य को नीचा बता रहे थे। सभी अपने को कन्नौजिया ब्राह्मण बताते थे। कोई भी किसी दूसरे का बना भोजन करने को तैयार नहीं था। पता चला कि ये बाजपेयी, पांडेय, तिवारी, अवस्थी आदि आठ गोत्र के ब्राह्मण थे, जो सभी अपने को कन्नौजिया बता रहे थे। आख़िर में तय हुआ कि सब अपना-अपना भोजन स्वयं बनाएंगे।

तेरह कन्नौजिया ब्राह्मणों में आठ तरह के ब्राह्मण थे। वहीं पड़ोस में एक मकान बन रहा था। वहां तमाम ईंटें रखी हुई थीं। पं. गयाप्रसाद ने चूल्हे बनाने के लिए ईंटें मंगवा लीं। खाना बनाते और खाते समय किसी दूसरे के छू लेने से अपवित्र न हों जाएं, इसलिए काफ़ी फ़ासला रखकर आठ चूल्हे बनाए गए। पं. गयाप्रसाद ने एक चूल्हा और बनवा दिया। इस तरह नौ चूल्हे तैयार हो गए। प्रत्येक चूल्हे के चारों ओर एक-एक चौकोर घेरा बनाया गया। इस घेरे के अन्दर रहते चूल्हा पवित्र था। कोई दूसरा ब्राह्मण दूसरे घेरे को छू नहीं सकता था। पांडेय, तिवारी, बाजपेयी, अवस्थी आदि सब ब्राह्मणों ने अपने-अपने चूल्हे के घेरे में जल

छिड़ककर पवित्र किया। उस घेरे के अन्दर बैठकर सबने अपना-अपना भोजन बनाया। भोजन बनाने के लिए बर्तनों की व्यवस्था करा दी गई थी। वे अपने-अपने घेरे में बैठकर भोजन करने लगे।

एकत्रित हुई भीड़ यह सब तमाशा देखती रही। उसी भीड़ में एक बुज़ुर्ग खड़े थे। किसी लड़के ने उनसे पूछ लिया कि बाबा, यह क्या हो रहा है?

बुज़ुर्ग उसकी बात सुनकर मुस्कुराने लगे। उन्होंने हंसते हुए कहा, "बेटा यही तो है 'आठ कन्नौजिया नौ चूल्हे'।"

कुछ लोग सुनकर हंसने लगे, लेकिन उस लड़के की समझ में कुछ नहीं आया।। उसी ने पूछा, "बाबा, मेरी समझ में कुछ नहीं आया।" वह बोले, "बेटा, ये सब कन्नौजिया ब्राह्मण हैं, लेकिन एक-दूसरे का बना नहीं खा सकते।"

फिर उस लड़के ने पूछा, "बाबा, यह चूल्हा ख़ाली क्यों पड़ा है।"

बाबा बोले, "इसीलिए तो नौ चूल्हे बनवाए गए हैं। यदि ग़लती से किसी का चूल्हा अशुद्ध हो जाए, तो वह इस नवें चूल्हे पर भोजन बना ले।"

अधजल गगरी छलकत जाय

गांव के बाहर एक सन्त की कुटिया थी। शाम को गांव के तमाम लोग सन्त के पास आकर बैठते और अपनी दुख-सुख की बातें कहते। सन्त गांव वालों को प्रवचन सुनाता। कभी ईश्वर के और कभी समाज के बारे में अच्छी-अच्छी बातें बताता। अच्छे-अच्छे भजन भी सुनाता। कभी तो लोगों को वह ऐसी बातें भी कह देता, जो बड़ी अटपटी लगतीं, लेकिन उसकी बातों में रहस्य छिपा होता। पूछने पर वह बड़ी मुश्किल से उन बातों का अर्थ बताते।

एक दिन शाम का समय था। धूप आधे पेड़ों तक चढ़ आई थी। कुटिया के पास ही एक कुआं था। गांव की महिलाएं पानी भरकर लौट रही थीं। उन महिलाओं में एक नवयौवना भी थी, जो बहुत धीरे-धीरे चल रही थी, फिर भी गागर का पानी छलककर बाहर गिर जाता था। कभी पानी छलककर उसके शरीर पर भी गिर जाता था। सन्त उस नवयौवना को देखकर हल्के से मुस्कुराए और बोले, “अधजल गगरी छलकत जाए।”

सन्त के पास बैठ लोग सोच में पड़ गए। जिसकी गागर छलक रही थी, वह नवयौवना थी। उसे देखकर सन्त मुस्कुराए थे और गागर छलकने की बात कही थी। कुछ लोगों को यह बात बड़ी अटपटी लगी। किसी के कुछ भी पल्ले नहीं पड़ा। हिम्मत करके एक आदमी ने सन्त से पूछ लिया, “महाराज, आपकी बात समझ में नहीं आई। वह तो पागल बहू लगती है, जो गागर को ऊपर तक भरकर चल दी। पानी तो छलकेगा ही।”

सन्त उसकी बात सुनकर फिर हल्का-सा मुस्कुराए और बोले कि ऐसी बात नहीं है। गागर पूरी नहीं भरी थी। जल तो छलकेगा ही। अन्य महिलाओं की गागरें भरी थीं, इसीलिए इनसे जल नहीं छलका। सन्त की बात सुनकर लोगों को बड़ा अजीब-सा लगा कि भरी गागर छलकती क्यों नहीं। इस बात को सुनकर एक व्यक्ति ने पूछा, "महाराज, इसमें हंसने की क्या बात थी?"

उसकी बात सुनकर सन्त ने कहा, "तुम नहीं समझ सके। मैं कोई उस नवयुवती को देखकर थोड़े ही हंसा था।"

थोड़ी देर के लिए चुप्पी छाई रही। एक बुज़ुर्ग ने खड़े होकर पूछा, "महाराज, लोगों की शंका का समाधान तो करो। न जाने ये लोग क्या-क्या सोचते रहेंगे?"

बुज़ुर्ग की बात सुनकर सन्त ने कहा, "भक्तों मैं इसलिए मुस्कुराया था कि देखो, गागर पूरी जल से भरी होती है, तो छलकती नहीं। जो गागर जल से आधा भरी हो, वही छलकती है। इसी प्रकार जो ज्ञान से अधूरा होता है, वह अधिक ज्ञान बघारता है और जिसे पूरा ज्ञान होता है, वह भरी गागर की तरह शान्त होता है, अपना ज्ञान बघारता नहीं।"

उल्टी गंगा पहाड़ चढ़ी

गंगा-स्नान का दिन था। काशी के पंडित सुबह-तड़के स्नान करने के लिए घाट पर पहुंचे। साधु-सन्त कोशिश करते थे कि भीड़ होने से पहले ही स्नान कर लिया जाए।

गंगा-स्नान के पहले उन्होंने एक नज़र गंगा के पानी में दौड़ाई। गंगा में खड़े रैदास स्नान करते दिखाई दिए। उसे देखकर पंडित बोले कि यह चमरा सबेरे-सबेरे स्नान करने आ गया। इसने तो गंगा का पानी ही मैला कर दिया। अब कैसे स्नान किया जाए? कुछ पंडित इतनी ज़ोर-ज़ोर से बोल रहे थे कि आवाज़ सन्नाटे को चीरती हुई रैदास तक पहुंच रही थी। वह अपने में मस्त होकर गंगा-स्नान कर रहे थे।

एक पंडित बोला, "अरे भाई, पूरी गंगा का पानी थोड़े ही मैला हुआ है। बहाव तो इधर से है। इधर से पानी बहकर उधर जा रहा है। रैदास से इस तरफ़ का पानी तो शुद्ध है और उस तरफ़ का पानी मैला है, क्योंकि रैदास के शरीर को छूकर पानी उधर ही बहकर जा रहा है।"

उस पंडित की यह बात मानकर सब लोग पानी में घुसकर नहाने लगे। उनके शरीरों को स्पर्श करता पानी रैदास की ओर जाने लगा। देखते-ही-देखते गंगा की धारा का बहाव बदल गया। पानी का बहाव रैदास की ओर से पंडितों की ओर हो गया। सभी पंडित अचरज में पड़ गए।

उनमें से एक ने कहा कि हम लोगों को भ्रम-सा हो गया है। रैदास

दीख रहा है स्नान करते, इसीलिए ऐसा लगता है। थोड़ा और आगे चलकर स्नान करते हैं। पंडित लोग गंगा से निकलकर किनारे-किनारे चल दिए। कोसों पैदल चले, लेकिन सब जगह गंगा की धारा उल्टी ही बहती दिखाई दी।

फिर एक पंडित बोला कि यह तो बड़ी अजीब बात है। गंगा तो पहाड़ों से उतरकर आ रही है, लेकिन आज गंगा मैया उल्टी पहाड़ों की ओर बह रही है।

दूसरा पंडित बोला, "भैया, प्रभु की महिमा है। इसे कौन जाने कि कैसे 'उल्टी गंगा पहाड़ चढ़ी'।"

अपनी टेक निभाई, बालम की मूंछ मुंडाई

दो भाई थे। बड़े प्रेम से रहते थे, लेकिन जब छोटे भाई का भी विवाह हो गया, तो बड़े भाई की पत्नी अपने देवर और देवरानी से नफ़रत करने लगी। वह ख़ुद बैठी रहती और देवरानी से बर्तन मंजवाती, झाड़ू-पौंछा लगवाती। देवर से भी ऐसे ही कई काम करवाती। इतने पर भी उसे सन्तोष नहीं होता।

एक दिन लड़-झगड़कर देवर को अलग करवा दिया। जब छोटा भाई अलग हुआ, तो बड़े भाई ने कुछ धन लगाकर उसका काम-धन्धा शुरू करवा दिया। बड़े भाई का कारोबार अच्छा था और खेती भी थी। धन दिन-दूना रात-चौगुना बढ़ता जा रहा था। बड़े भाई की पत्नी अपने मायके ख़ूब धन, अन्न और अन्य सामान भिजवाती रहती। उसके भाई आते और सारा धन ले जाते। उसे पता ही नहीं चलता, क्योंकि वह अपने कारोबार में उलझा रहता। सुबह जाता और शाम को लौटता। पीठ-पीछे उसके साले आते और कुछ-न-कुछ ले जाते।

वह रोज़ाना की तरह जब घर से बाहर निकला, तो उसने पत्नी से कहा कि छोटा भाई आएगा, उसे यह सामान दे देना। उसने कुछ अनाज और कुछ दूसरा सामान अपने छोटे भाई के लिए निकालकर रख दिया था। जब वह चला गया, तो उसकी पत्नी ने चक्की के नीचे वाला पाट दरवाज़े के बाहर रख दिया। थोड़ी देर बाद उसका छोटा भाई आया और उसने दरवाज़ा खटकाया। जब भाभी ने किवाड़ खोले, तो उसने

पूछा, "भैया हैं?"

भाभी ने तुरन्त कहा, "अभी-अभी उधर दौड़े चले गए हैं। कौआ चक्की का एक पाट अपनी चोंच में दबाकर उड़ गया है। यह देखो, नीचे का पाट यह पड़ा है।"

वह बेचारा चुपचाप उल्टे पांव वापस लौट गया। संयोग से लौटते समय रास्ते में भाई से मुलाक़ात हो गई। उसे ख़ाली हाथ आते देख आश्चर्य हुआ। और पूछा, "क्या सामान लेने घर नहीं गए थे?"

इस पर छोटे भाई ने चक्की के पाट वाली पूरी बात बता दी। बड़ा भाई हंसा और बोला, "तुम्हारी भाभी मक्कार है। चिन्ता मत करो। यह ले जाओ।" उसके पास कुछ पैसे थे। उसने देते हुए कहा कि और फिर दे देंगे।

एक दिन उसका साला घर आया हुआ था। वह हमेशा की तरह घर से निकला। उसके जाने के बाद पत्नी ने अपने भाई के लिए अनाज, चावल, दाल, जैसी तमाम चीज़ें बैलगाड़ी में भर दीं। इन्हीं चीज़ों में एक अशर्फ़ियों से भरा घड़ा भी रख दिया था। आज वह भाई को जल्दी विदा करने वाली थी। तभी उसका पति किसी काम से वापस आ गया। उसने अपने दरवाज़े पर सामान से लदी एक बैलगाड़ी देखी। उस समय उसकी पत्नी और साला घर के अन्दर थे। उसने देखा कि गाड़ी में सामान के बीच एक घड़ा भी चमक रहा है। उसने घड़े का मुंह खोलकर देखा, तो अचरज में रह गया। घड़ा अशर्फ़ियों से भरा था। उसने घड़े को और जगह छिपा दिया और अन्दर चला गया। साला जाने को तैयार खड़ा था, साथ ही उसकी पत्नी भी खड़ी थी। तीनों घर से बाहर निकल आए। बाहर निकले तो पत्नी की नज़र गाड़ी पर पड़ी। देखा, घड़ा ग़ायब था।

पत्नी घबरा गई और बोली, "इसमें एक घड़ा रखा था। मालूम नहीं कौन ले गया?"

पत्नी की बात सुनकर उसने कहा, "मैं उधर से आ रहा था, तो एक चील घड़ा पंजों में दबाए उड़ी चली जा रही थी।"

पत्नी को कुछ दाल में काला लगा। वह तुरन्त बोली, "भला चील कैसे इतने भारी घड़े को लेकर उड़ सकती है?"

उसने तुरन्त जवाब दिया, "जब कौआ चक्की का इतना भारी पाट लेकर उड़ सकता है, तो चील के लिए यह घड़ा क्या चीज़ है?"

इतना सुनते ही वह चुप हो गई और साला बैलगाड़ी लेकर चला गया। वह सब समझ गई। उसने मन-ही-मन तय किया कि एक दिन मैंने उसकी मूंछ न मुंडा दी, तो मेरा भी नाम नहीं। इस घटना के बाद भी अपने पति से छिपाकर वह अपने भाइयों को माल देती रही।

एक दिन जैसे ही वह घर पहुंचा, उसकी पत्नी रोने लगी। उसने रोने का कारण पूछा, तो बताया कि मेरे पिता नहीं रहे। यह सुनकर वह

भी दुखी हुआ। पत्नी को ढारस बंधाया। उसने कहा कि चलो, ससुराल होकर आते हैं। पत्नी ने कहा कि तुम हो आना। मेरी तबीयत ठीक नहीं है। मैं फिर कभी चली चलूंगी। अगले दिन जैसे ही वह चलने लगा, तो पत्नी ने कहा कि ऐसे ही जा रहे हो। मेरे यहां तो ससुराल में जमाई सिर-मूंछ मुंडाकर जाते हैं। आप भी सिर-मूंछ के बाल मुंडवाकर जाओ। उसने कहा कि मेरे यहां तो ऐसा नहीं होता। पत्नी ने फिर कहा कि मेरे यहां तो ऐसा ही होता है। जाना है, तो सिर-मूंछ मुंडाकर जाओ, नहीं तो रहने दो।

वह सोच में पड़ गया। जाऊं तो सिर-मूंछ मुंडवाऊं और न जाऊं तो अपनी पत्नी और सालों को नाराज़ करूं। आख़िर वह सिर-मूंछ मुंडाकर ससुराल चल दिया।

जब ससुराल पहुंचा, तो सालों ने पूछा कि जीजा जी, क्या बात हो गई? सिर-मूंछ क्यों मुंडा रखा है? ससुर भी वहीं खड़ा था। उसे देखकर वह तुरन्त समझ गया कि पत्नी ने उसके साथ मज़ाक़ किया है, फिर क्या था? उसने मन-ही-मन बदला लेने की सोची और चेहरा ग़मगीन बना लिया। देखते-ही-देखते वह रोने भी लगा। ससुराल में सभी लोग इकट्ठे हो गए और पूछने लगे कि क्या बात हो गई? उसने साले से लिपटते हुए कहा कि तुम्हारी बहन मर गई।

इतना कहना था कि ससुराल में रोना-धोना शुरू हो गया। कुछ देर बाद लोग-बाग शान्त हो गए। तब उसके साले ने पूछा कि क्या बात हो गई थी? बीमार होती तो कोई ख़बर मिलती।

वह बोला, "अचानक दौरा पड़ा और दो घंटे में ही ख़तम हो गई। आज क़रीब दस दिन हो गए हैं।"

सुबह जब वह चलने को हुआ, तो ससुराल वाले बोले, "दोपहर बाद चलना, हम लोग भी साथ चलेंगे।" वह रुक गया।

दोपहर बाद वह चला, तो ससुराल वाले भी चल दिए। वे साथ

चलने लगे, तो वह बोला, “आप लोग सिर के बाल नहीं मुंडवाओगे क्या?”

ससुराल वाले चौंके। साला चौंका, “भला क्यों?”

उसने कहा, “हमारे यहां तो ऐसा ही होता है।”

ससुराल वालों ने कहा कि हमारे यहां ऐसा नहीं होता।

उसने फिर कहा, “देख लीजिए। हमारे यहां तो सिर मुंडाकर जाते हैं। यदि ऐसा नहीं करते, तो मरने वाले की आत्मा को शान्ति नहीं मिलती। यदि चलना है, तो सिर मुंडवाना ही पड़ेगा।”

वह नेक आदमी था, इसलिए गांव वालों ने दामाद की ज़िद को मान लिया। साथ चलने वाले आदमी और औरतों ने अपने-अपने सिर मुंडा लिए और उसके साथ चले गए।

जब वह ससुराल वालों के साथ अपने घर के दरवाज़े पर पहुंचा, तो किवाड़ खुले हुए थे। जैसे ही वह घुसा, उसे एक आवाज़ सुनाई दी। उसकी पत्नी चक्की चलाते हुए गीत गाती जा रही थी, मैंने अपनी टेक निभाई, बालम की मूंछ मुंडाई।

ससुराल वालों ने भी अपनी लड़की की आवाज़ सुनी। उसकी पहली पंक्ति ख़त्म होते ही उनमें से किसी ने कहा, “पीछे तो देख लुगाई, मुंडियन की पलटन आई।”

घर का जोगी जोगिया, आन गांव का सिद्ध

एक गांव में एक ब्राह्मण गोसाईं परिवार रहता था। उसमें तीन भाई थे। दो घर-गृहस्थी वाले थे। छोटे भाई का ब्याह नहीं हुआ था। वह सीधा-सादा था। मां-बाप के मरने के बाद वह और भी अकेला हो गया था। उसके हिस्से के खेत और जायदाद दोनों भाइयों ने हड़प लिए थे। उसका मन भी भाई-भाभियों से मेल नहीं खाता था।

लोगों की सेवा करना ही उसका स्वभाव था। जो भी दुखी दिखाई देता, उसकी वह जी-जान से सेवा करता। उसके इस सेवा-भाव के कारण लोग उसे पागल कहते और अपना काम निकालते रहते। यह सब उसके घरवालों को बुरा लगता। मां-बाप के मरने के बाद धीरे-धीरे उसका मन घर वालों से उचटने लगा। काम करने में भी मन कम लगता। इन्हीं सब कारणों से उसमें वैराग्य यानी दुनिया से दूर भागने की भावना पैदा हो गई थी।

गांव के पास ही एक आश्रम था। घूमते-घूमते वह एक दिन उसी आश्रम में जा पहुंचा। उसे वहां बहुत अच्छा लगा। वह आए दिन आश्रम में जाने लगा। धीरे-धीरे उसका मन योग-साधना में भी रम गया। आश्रम में अन्य योगियों के साथ रहकर वह योग-साधना सीखने लगा। कुछ वर्ष बाद वह सारे देश में घूमने के लिए निकला। जब घूमने के लिए जाता, तो तीन-तीन, चार-चार महीने बाद वापस लौटता। उसने अपने गांव के बाहर एक कुटिया बना ली थी। बाहर से जब भी आता, उसी कुटिया

में रहता। वह कम बोलता और गांव में भी कभी-कभी ही जाता था।

कुछ दिनों बाद उसकी अच्छे योगियों में गिनती होने लगी। उसके पास बाहर से योगी और साधु-सन्त आते और उसकी कुटिया में एक-दो दिन रहकर चले जाते। गांव से बाहर उसका बहुत सम्मान होने लगा, लेकिन गांव वालों के लिए वह अब भी वही सीधा-सादा पागल गोसाईं ही था। अब उसके बचपन के साथी और बूढ़े-पुराने लोग उसका मज़ाक़ उड़ाते हुए उसे जोगिया कहकर पुकारते थे। वे आपस में बातें करते कि योगी-जोगी कुछ नहीं, ढोंगी है। शादी नहीं हुई, तो जोगी बन गया। यह सब दिखावे के लिए करता है। लोग यह भी कहते कि है तो अच्छा आदमी, दूसरों की मदद से कभी पीछे नहीं हटता। जब कभी वह आता दिखाई देता, तो लोग मज़ाक़ उड़ाते हुए कहते, "वह देखो, जोगिया आ रहा है।"

उस गांव में आए दिन भिक्षा के लिए साधु आया करते थे। उनमें ऐसे अधिक होते, जिन्होंने साधु भेस में भीख मांगने का धन्धा बनाया हुआ था। वे लोगों की परेशानियों को झाड़-फूंक से ठीक करने का भरोसा दिलाते और बदले में दाल, अनाज, पैसा आदि ले जाते। उन्हीं में से एक साधु इस गांव में नियम से आता था और चार-पांच दिन रुककर चला जाता था। गांव के लोग उसका बहुत आदर करते थे। दान-दक्षिणा भी देते थे।

एक दिन योगी जी गांव में किसी से मिलकर आ रहे थे। सामने गांव के दो-चार लोगों के साथ वह साधु आता दिखाई पड़ा। पास आते ही दोनों ओर के लोग रुक गए। साथ ही साधु के साथ आ रहे लोग भी रुक गए। उस साधु ने गांव के योगी के चरण छुए। योगी ने साधु को आशीर्वाद दिया। साधु के साथ खड़े गांव वाले यह दृश्य देखकर भौंचक रह गए, लेकिन उन्होंने योगी के चरण नहीं छुए। जो भी गांव का आता, साधु के चरण छूता जा रहा था। कुछ लोग चरण छूकर चलते बनते। कोई-कोई वहीं रुक जाता। यह सब देखकर वह साधु बड़ी गहरी सोच में डूब गया।

योगी चल दिया। उसके साथ-साथ वह साधु भी चल पड़ा। जैसे-जैसे वे बढ़ते गए, एक-एक करके गांव के लोग साथ छोड़ते गए। गांव के बाहर योगी की कुटिया तक आते-आते योगी के साथ साधु ही बचा रह गया था। थोड़ी देर वहां बैठने के बाद हाथ जोड़ते हुए साधु ने योगी से कहा, "योगीराज, आज मैं बड़ी सोच में पड़ गया हूं। मेरी समझ में कुछ भी नहीं आ रहा है। आप तो गांव के बाहर कुटिया बनाकर रह रहे हैं।" आगे कहते-कहते साधु रुक गया।

योगी साधु की बात को समझ तो गया, फिर भी साधु से पूछा, "हां, पूछो, झिझकने की कोई बात नहीं। जो मन में है, उसको बताओ।"

साधु ने कहा, "योगीराज, आप तो देश के श्रेष्ठ योगियों में हैं। सब जगह आपको जानते हैं। गांव वाले भी जानते ही होंगे। मैंने गांव वालों के सामने आपको आदर दिया, लेकिन गांव वालों ने मुझे तो मान दिया, आपको नहीं दिया। योगीराज ऐसा क्यों हुआ?"

साधु की बात सुनकर योगी मुस्कुराए और बोले, "घर का जोगी जोगिया, आन गांव का सिद्ध।"

यह सुनकर साधु चुप हो गया।

अभी दिल्ली दूर है

हज़रत निज़ामुद्दीन औलिया एक सूफ़ी सन्त थे। लोग उनका बहुत सम्मान करते थे। उनके यहां मिलने वालों का तांता लगा रहता था। दिल्ली में ग़यासपुर में इनका वास था। वहीं एक मस्जिद और दरगाह थी। सभी धर्मों के लोग उनके दर्शन करने और उनकी बातें सुनने जाया करते थे। वे हिन्दू सन्तों की तरह ही अल्लाह और ईश्वर को एक मानते थे और मानव की सेवा करना ही अल्लाह या ईश्वर से प्यार करना मानते थे।

उन्होंने दिल्ली के कई बादशाहों को बनते और बिगड़ते देखा था। बादशाह उनके ऊंचे नाम से जलते थे। शाही घराने से जुड़े मुल्ला-मौलवी हर समय औलिया को लेकर बादशाहों को भड़काते रहते थे। आख़िर में जाकर सभी बादशाहों ने हज़रत निज़ामुद्दीन औलिया का लोहा मान लिया था।

निज़ामुद्दीन औलिया लगभग 90 बरस के थे, उस समय दिल्ली का बादशाह ग़यासुद्दीन तुग़लक था। वह अपने ज़ुल्मों के लिए बदनाम था। जनता उसके डर से थर-थर कांपती थी। उसके बारे में कहा जाता था कि उससे आंख मिलाने वालों को वह मौत के घाट उतार देता था। एक बार मुल्लाओं ने सोचा कि बादशाह ग़यासुद्दीन और औलिया का आमना-सामना कराया जाए। औलिया आंखें मिलाकर बातें करता है। बादशाह ज़रूर औलिया को फांसी दे देगा और हम लोगों का समाज

में फिर से मान-सम्मान और दबदबा हो जाएगा।

उलेमाओं ने मिलकर हज़रत निज़ामुद्दीन औलिया के बारे में उल्टी-सीधी बातें तुग़लक से कहनी शुरू कर दीं। आख़िर एक दिन बादशाह ग़यासुद्दीन ने निज़ामुद्दीन औलिया को दरबार में हाज़िर होने के लिए फ़रमान भेजा और कहलवा भेजा कि हाज़िर न होने पर फांसी दे दी जाएगी। औलिया ने दरबार में पहुंचकर ग़यासुद्दीन तुग़लक से बातें कीं। आंखें मिलते ही ग़यासुद्दीन को अजीब-सा लगा और वह औलिया के लिए फांसी का हुक्म नहीं दे सका। औलिया दरबार से चले आए। ग़यासुद्दीन फिर औलिया की प्रसिद्धि से जलने लगा।

एक बार ग़यासुद्दीन तुग़लक ने औलिया के पास फ़रमान भेजा कि जंग में उनकी जीत के लिए अल्लाह से दुआ मांगें। औलिया जानते थे कि जंग जनता के लिए ठीक नहीं होती। इसलिए औलिया ने कहलवा भेजा कि ग़यासुद्दीन जंग जीतकर नहीं आएगा। यह सुनकर उसे बुरा लगा, लेकिन वह रुका नहीं और बंगाल जीतने के लिए चल दिया। बीमार होने के कारण वह वापस आ गया। कुछ समय बाद दोबारा जंग के लिए गया। अबकी बार उसने बंगाल जीत लिया और ख़ुशी प्रकट करते हुए उसने वहीं से निज़ामुद्दीन औलिया के लिए फ़रमान भेजा कि वह अपने चेलों सहित दिल्ली छोड़कर भाग जाए, नहीं तो चेलों सहित मार दिया जाएगा।

जब इस फ़रमान की ख़बर निज़ामुद्दीन औलिया के चेलों और चहेतों तक पहुंची, तो उनमें दुख की लहर दौड़ गई। चेले और चहेते निज़ामुद्दीन औलिया के पास गए और उन्हें ग़यासुद्दीन का फ़रमान सुनाया। उन्होंने कहा कि अभी दिल्ली दूर है। आप सब आराम से रहिए। औलिया पर सबको भरोसा था। कोई भी दिल्ली छोड़कर नहीं गया।

इधर जब दरबार में यह पता चला कि बादशाह ग़यासुद्दीन तुग़लक जीतकर आ रहे हैं, तो उसके शानदार स्वागत के लिए तैयारियां होने लगीं। दिल्ली की सीमा से ही बहुत बड़ा उत्सव मनाने के लिए तरह-तरह

का निर्माण-कार्य शुरू हो गया। उस निर्माण में एक ऊंचा और शानदार दरवाज़ा बनाया गया, जिसमें से होकर बादशाह दिल्ली में प्रवेश करने वाला था।

बादशाह के स्वागत के लिए वह स्थान बहुत सुन्दर तरीक़े से सजाया गया। हाथियों और घोड़ों की क़तारें सजाई गईं। बादशाह के आने पर वहां स्वागत किया गया और उसके बाद वह दिल्ली के लिए चला। उस शानदार दरवाज़े के पास आते ही फाटक उसके ऊपर गिर गया और बादशाह ग़यासुद्दीन तुग़लक की वहीं पर तुरन्त मौत हो गई।

बादशाह के मरने की ख़बर पूरी दिल्ली में आग की तरह फैल गई। चारों ओर मातम छा गया। यह ख़बर हज़रत निज़ामुद्दीन औलिया के यहां भी पहुंची। उनके चेले और चहेते वहीं इकट्ठा हुए। उन्होंने चैन की सांस ली। औलिया के चेलों में से किसी एक ने कहा, "औलिया साहब ने ठीक ही कहा था कि – 'अभी दिल्ली दूर है।' यानी दिल्ली तक ग़यासुद्दीन तुग़लक आ ही नहीं पाएगा। अल्लाह ने वही किया।

घर का भेदी लंका ढावे

लंका में जहां-तहां आग लगी थी। जगह-जगह से धुआं उठ रहा था। महल तथा नगर की ढेरों इमारतें टूटी और जली पड़ी थीं। चारों ओर सन्नाटा छाया हुआ था। लोग एक-एक कर खेतों और बस्तियों में इकट्ठे हो रहे थे। आपस में तरह-तरह की बातें कर रहे थे। जनता के सभी काम-काज ठप्प पड़े थे।

लंका का राजा रावण, मेघनाथ, कुम्भकरण सब मारे गए थे। लंका पर अयोध्या के राजा राम का अधिकार हो चुका था, लेकिन सब-कुछ शान्त नहीं हुआ था अब तक। हालात ठीक बनाने के लिए वहां के अधिकारी और कर्मचारियों का भारी-भरकम अमला लगा हुआ था। राज्य की ओर से नगर में जगह-जगह राहत-सामग्री पहुंचाई जा रही थी। आपस में भी लोग एक-दूसरे की सहायता कर रहे थे।

धीरे-धीरे नगर की हालत ठीक-ठाक होती गई। फ़ुरसत के समय जहां चार लोग इकट्ठे होते, लंका के विनाश की चर्चा होने लगती। कोई कहता कि हमारा राजा रावण बड़ा ज्ञानी और तपस्वी था। ब्राह्मणों में सबसे ऊंचा था। दूसरा कहता कि इससे क्या होता है? उसने ऐसी ग़लती क्यों की, जिससे मरना पड़ा और सारी लंका तहस-नहस हो गई। तीसरा बोला कि यह कोई नई बात नहीं है। ताक़तवर लोग दूसरों की सम्पत्ति पर क़ब्ज़ा कर लेते थे। सम्पत्ति में रानियां भी होती थीं। उन्हीं में से एक ने कहा कि रावण राम को हराकर सीता को थोड़े ही लाया था, वह तो चुराकर लाया था। उन्हीं में से दूसरा बोला कि यह बात तो

ठीक है।

इस प्रकार लोग लंका के विनाश के बारे में तरह-तरह के कारण बता रहे थे। सब यह भी स्वीकार कर रहे थे कि रावण को हराना आसान नहीं था और उसकी ख़ुफ़िया शाखा बहुत मज़बूत थी। फिर वह हारा तो हारा कैसे? कोई जब किसी भी नतीजे पर नहीं पहुंचा, तो एक आदमी बोला, "भैया, घर का भेदी लंका ढावे।"

कुछ लोगों ने पूछा कि इसका क्या मतलब होता है?

उस आदमी ने कहा, "तुम जानते सब हो, पर अपने मुंह से कहना नहीं चाहते। तुम लोग डर रहे हो। भाई, अगर अपने राजा रावण का भाई विभीषण दुश्मन से मिलकर यहां की जानकारियां न देता, तो हम लोगों को यह दिन नहीं देखना पड़ता। विभीषण घर का भेदी था। उसने सारे राज़ बता दिए, जिससे रावण कमज़ोर पड़ गया और लंका ढह गई।"

कर तो डर, न कर तो भी डर

एक बार दो साधुओं में ईश्वर को लेकर बहस छिड़ गई। पहले साधु ने कहा कि ईश्वर सब जगह मौजूद है। सबके ऊपर निगाह रहती है। जो भी काम करो, उसी का ध्यान रखते हुए करो। दूसरा साधु बोला कि आदमी को अपने कर्मों से डरना चाहिए। आदमी सभी जीवों में श्रेष्ठ है, इसलिए उसे किसी से भी नहीं डरना चाहिए। जब कोई ग़लत काम किया ही नहीं, तो फिर डरना किस बात का?

पहला साधु फिर बोला कि पिछले जन्म के कर्मों को भी ध्यान में रखना चाहिए। उसका फल भी यहीं भोगना पड़ता है।

दूसरे साधु ने कहा, "ईश्वर तो दूसरों की मदद करता है। वह किसी का बुरा कर ही नहीं सकता।"

दोनों साधुओं में बहस चलती रही। पहले साधु ने देखा कि किसी भी फ़ैसले पर नहीं पहुंचा जा रहा है, तो उसने निचोड़ में कहा, "कर तो डर, न कर तो भी डर।"

दूसरे साधु ने कहा, "मैं यह नहीं मानता।"

बात ख़त्म होते ही पहला साधु चला गया। दूसरा भी आंखें बन्द कर ध्यान में बैठ गया। उसी समय वहां से एक चोर हाथ में एक हार लिए भागता हुआ निकला जा रहा था। सिपाही उसका पीछा कर रहे थे। चोर ने अपनी जान बचाने के लिए उस हार को साधु के गले में

डाल दिया और रफ़ूचक्कर हो गया। साधु ध्यान में डूबा था, इसलिए उसे कुछ पता ही नहीं चला।

चोर को ढूंढ़ते हुए सिपाही उधर से गुज़रे। वे साधु के गले में हार देखकर चौंक पड़े और उसे पकड़कर राजा के पास ले गए। साधु ने कहा कि मैं तो ध्यान में था। मुझे मालूम ही नहीं पड़ा कि कौन कब मेरे गले में हार डाल गया। राजा उसकी बात से सहमत नहीं हुआ और साधु को फांसी की सज़ा सुना दी।

जब सिपाही साधु को फांसी-घर लिए जा रहे थे, तो रास्ते में उसे वही, पहला साधु मिला। उसने दूसरे साधु से कहा, "मैंने कहा था न – कर तो डर, न कर तो भी डर, ईश्वर के कोप से डर।"

दूसरे साधु ने कहा, "यह मेरी बेध्यानी का नतीजा है।" और चल दिया।

वातावरण ही दोषी होता है

एक नगर में मेला लगा हुआ था। मेले में तरह-तरह की चीज़ें बिक रही थीं। खाने-पीने से लेकर घर-गृहस्थी के सामान तक। बच्चों के लिए तरह-तरह के खिलौने। मेले में भीड़ अधिक थी। उस नगर का राजा भी हाथी पर सवार होकर आया था। राजा के साथ उसका पुत्र भी बैठा हुआ था। सैनिक और कारिन्दे हाथी के आगे-पीछे चल रहे थे।

उसी मेले में एक बहेलिया तोते बेच रहा था। उसने एक लम्बे बांस के सिरे से एक दूसरा बांस बिजूका की तरह बांधा हुआ था। ऊपर वाले बांस पर दो तोते बैठे दिखाई दे रहे थे। राजा के लड़के की नज़र जब उन तोतों पर पड़ी, तो वह उनको लेने के लिए मचल उठा। राजा ने अपने कारिन्दे से एक तोता लाने के लिए कहा। वहां जाकर कारिन्दे ने बहेलिये से तोते की क़ीमत पूछी, तो बहेलिये ने कहा, "इस तोते की क़ीमत एक रुपया है और इस दूसरे तोते की क़ीमत पचास रुपए।"

उसके पास दो ही तोते बचे थे। कारिन्दा उलझन में पड़ गया कि कौन-सा तोता ख़रीदे। वह राजा के पास गया और दोनों तोतों की क़ीमत अलग-अलग बताई, फिर बोला, "महाराज, कौन-सा तोता लाऊं?"

राजा भी अलग-अलग क़ीमत सुनकर उलझन में पड़ गया। थोड़ा सोचने के बाद उसने दोनों ही तोतों को ख़रीद लाने को कहा। कारिन्दा दोनों तोते ख़रीद लाया और दो डोरियों से एक छोटे डंडे पर बंधे तोते राजा के लड़के को पकड़ा दिए। घूमने-घामने के बाद राजा वापस

लौट गया।

राजा ने तोतों के लिए दो पिंजड़े मंगवाए और उन्हें अलग-अलग पिंजड़े में रखवा दिया। महल के परिसर में रहने वाले एक कारिन्दे के पास दोनों पिंजड़े रहने दिए। शाम होते ही राजा सोचने लगा कि आख़िर इन तोतों में ऐसी कौन-सी ख़ूबियां हैं? तोतों की ख़ूबियां जानने के लिए उसकी जिज्ञासा बढ़ती गई। रात को उसने पहले एक रुपए वाला तोता अपने कमरे में मंगवाया और कुछ देर बाद वह सो गया।

सवेरे जब राजा की आंखें खुलीं तो तोते की आवाज़ कानों में सुनाई पड़ी। राजा का माथा ठनक गया। वह आंखें बन्द किए चुपचाप लेटा रहा और तोते के बोल सुनता रहा। तोता गालियां बके जा रहा था, "ओ कामचोर!...हरामी कहीं का!...अभी तक पड़ा-पड़ा सो रहा है, हरामख़ोर...!"

राजा को यह सब सुनकर बहुत ग़ुस्सा आया और उसने तोते को तुरन्त अपने कमरे से हटवा दिया। इस तरह की ग़ालियां राजा ने कभी नहीं सुनी थीं। दिन की शुरुआत ख़राब हो गई थी। उसका मन उखड़ा-उखड़ा-सा लग रहा था।

राजा का खाना खाने में भी मन नहीं लगा। वह उसी उलझन में

दरबार चला गया। वहां भी मन को शान्ति नहीं मिली। अनमना-सा वह महल लौटा। सारा दिन ख़राब बीता, फिर भी किसी तरह उसने रात होते-होते अपने मन को संभाल लिया और सोचा कि दूसरे तोते को भी आज़माना चाहिए। अगला दिन जैसा होगा, देखा जाएगा। सोते समय राजा ने दूसरा तोता अपने सोने के कमरे में मंगवाया और सो गया।

सवेरे से पहले ही राजा की नींद खुल गई। आंखें खुलते ही तोते के बोल कानों में पड़े। तोते की बातें सुनकर राजा को बहुत अच्छा लगा। राजा आंखें बन्द किए लेटा रहा और तोते के बोल सुनता रहा। तोता बोल रहा था, "हे, राजन, उठिए! सवेरा होने को है। स्नान आदि करके सूर्य भगवान को नमस्कार करिए। आपका दिन मंगलमय हो। आप शान्त रहें..."

राजा ख़ुशी-ख़ुशी बिस्तर से उठा। उसका मन हल्का-हल्का था। उसने जल्दी से स्नान किया। भगवान की पूजा की। आज राजा को भोजन बहुत अच्छा लग रहा था। वह धीरे-धीरे चाव से खाना खा रहा था।

दरबार में भी राजा खुश रहा। महल लौटकर भी वह ख़ुश था। सब कुछ अच्छा-अच्छा लग रहा था। सारा दिन बहुत अच्छा गुज़रा। उस तोते को उसने अपने सोने के कमरे में ही रहने दिया।

पहले वाले तोते द्वारा किया गया अपमान राजा को अभी तक खटक रहा था। सुबह होते ही राजा ने पहले वाले तोते को मौत की सज़ा देने का फ़ैसला कर लिया। उसने एक कारिन्दे को आज्ञा दी कि तोते को जंगल में ले जाकर मार दिया जाए।

राजा का कारिन्दा हाथ में तोता पकड़े जंगल की ओर चल दिया। नगर से निकलकर वह जब जंगल की ओर जा रहा था, जो उसी रास्ते से एक साधु आ रहा था। जब दोनों पास आ गए, तो साधु ने उससे पूछा, "यह तोता ज़ोर-ज़ोर से चिल्ला रहा है। इसे कहां ले जा रहे हो?"

"राजा ने आज्ञा दी है कि जंगल में ले जाकर इसे मार दो। राजा

ने इसे मृत्यु-दंड दिया है।" कारिन्दे ने उत्तर दिया।

"इसका दोष क्या है?" साधु ने पूछा।

कारिन्दे को मृत्यु-दंड का कारण पता नहीं था। इसलिए साधु ने तोते को नहीं मारने के लिए कहा, लेकिन कारिन्दे को राजा की आज्ञा का पालन हर हाल में करना था। इसलिए उसने तोते को मारने की ठान ली थी। तब साधु ने उससे कहा, "चलो, मैं राजा के पास चलता हूं। मैं उन्हें समझाऊंगा।"

साधु की इस बात पर कारिन्दा उसे साथ लेकर दरबार को चल दिया। राजा ने कारिन्दे के साथ साधु को आते देखा, तो कुछ समझ न सका। सिंहासन के पास पहुंचकर साधु ने राजा से पूछा, "राजन, इस तोते का क्या अपराध है, जिस कारण इसे मृत्यु-दंड दिया गया है?"

राजा ने दोनों तोतों के बारे में साधु को सब-कुछ बताया। साधु ने विनम्रता से कहा, "राजन, यह तोता जो गालियां बकता है, उसके लिए यह दोषी नहीं है। इसके लिए तो वातावरण दोषी है। जिस वातावरण में यह तोता रहा है, वैसा ही इसने सीखा है। यह खानाबदोश बस्ती में रहा हैं, वहां लोग शराब पीते हैं, जुआ खेलते हैं और इसी तरह की गालियां बकते हैं। जो इसने वहां सुना, उसी को बोलना सीख लिया। रही दूसरे तोते की बात, तो वह आश्रम के वातावरण में पला हुआ है। उसने जो आश्रम में देखा-सुना वही बोलता है। यदि आश्रम वाला तोता खानाबदोश बस्ती में रहता, तो वह भी इस तोते की तरह गालियां बकता। और यदि यह तोता आश्रम में पलता तो अच्छी-अच्छी बातें करता। इसमें तोते का कोई दोष नहीं। अतः राजन, वातावरण दोषी होता है।"

राजा की समझ में साधु की बात आ गई। उसने हाथ जोड़ते हुए साधु से कहा, "स्वामी जी, आपकी कृपा से आज मैं एक निर्दोष की हत्या का दोषी होने से बच गया।"

गांठ की चादर भी गई

एक चोर चोरी करने में बहुत होशियार था। वह हमेशा अकेले ही चोरी करने जाया करता था। अधिकतर दूसरे गांवों में चोरी किया करता था। जब बाहर चोरी का हिसाब नहीं बन पाता था तो अपने गांव में ही चोरी कर लेता था और बड़ी चालाकी से बचता रहता था। अभी तक पकड़ा ही नहीं गया था।

एक दिन रात का क़रीब एक बजा था। वह उठा और चादर ओढ़कर बाहर निकल आया। गांव से बाहर आकर खेतों की पगडंडियों पर चलने लगा। चलते-चलते एक गांव में पहुंचा। उसने एक मकान देखा, जिसकी दीवारें नीची थीं। वह दीवार पर चढ़कर आंगन में पहुंच गया। फिर कमरे में पहुंचा। उसे गहने-रुपए तो मिले नहीं कुछ और सामान ढूंढ़ने लगा, लेकिन चोरी के लिए कोई सामान समझ में नहीं आया। अन्त में उसने एक कुठला देखा। कुठले के मुंह पर पत्थर रखा हुआ था। पत्थर हटाकर देखा, तो उसमें गेहूं भरे थे। बहुत दिनों से उसने गेहूं की रोटी नहीं खाई थी। इसलिए गेहूं चुराकर ले जाने का मन बना लिया।

रात अंधेरी थी। वह आंगन में आया अपने शरीर पर ओढ़ी हुई चादर उतारी और नीचे बिछा दी, फिर गेहूं लाने के लिए अन्दर चला गया। इसी बीच एक हल्की-सी आहट हुई और मकान मालिक जाग गया। उसने आंखें मिच-मिचाकर देखा कि आंगन में सफ़ेद-सा कुछ बिछा हुआ है। वह उठा और दबे पांव वहां पहुंच गया। वहां चादर बिछी हुई थी। उसे समझते देर नहीं लगी। वह सीधा अन्दर गया और एक

कटोरे में आटा लेकर लौटा। उसने चादर के चारों ओर आटे की लकीर बनाई और चादर उठा ली। लकीरों के भीतर का भाग आटा भुरकाकर भर दिया। इस प्रकार आटे की चादर बनाकर फिर अपनी चारपाई पर लेट गया।

उधर चोर एक कटोरे की सहायता से वहीं पड़ी ख़ाली टोकरी में कुठले से गेहूं निकाल-निकालकर डालता रहा। जब टोकरी भर जाती, तो उसे उठाकर उस चमकती हुई चादर पर पलट आता। उसने वहां कई टोकरियां डालकर गेहूं का ढेर लगा दिया। उसने गेहूं की गठरी बांधने के लिए चादर के छोरों को पकड़ने की कोशिश की। बहुत करने पर भी कुछ हाथ नहीं आया। तब उसने झुककर ध्यान से देखा कि चादर की जगह वहां आटा भुरका हुआ है। वह बहुत दुखी हुआ।

चोर बड़े दुखी मन से लड़खड़ाया, "एक तो कुछ नहीं मिला, ऊपर से गांठ की चादर भी गई। वह निराश होकर धीरे से बाहर चल दिया।

पूरे के लालच में आधी भी गई

एक गांव में एक कुत्ता था। वह गांव के बाहर लेटा रहता। जब उसे भूख लगती, तो वह गांव में चला आता। गांव में और भी कुत्ते थे। इसलिए वहां घूमते समय उन कुत्तों से लड़ना पड़ता। कभी-कभी वह खेतों की ओर चला जाता दोपहर के समय किसान खाना खाते, तो उसको भी थोड़ा-बहुत मिल जाता।

एक दिन वह गांव में गया, तो कुत्तों से झगड़े के कारण बिना रोटी खाए वापस आना पड़ा। थोड़ी देर बैठा-बैठा वह पूंछ हिलाता और इधर-उधर देखता रहा। अचानक उठकर खेतों की ओर चल दिया। किसानों के भोजन का समय हो गया था। खलिहानों में बैठकर किसान खाना खा रहे थे। वह इधर-उधर देखता हुआ जा रहा था। उसने कुछ सोचा, और रामू के खलिहान की ओर मुड़ गया। हालांकि खलिहान में रामू का अपना पालतू कुत्ता भी रहता था, फिर भी आधी-एक रोटी उसको मिल ही जाती थी। रामू का कुत्ता गुर्राता, तो वह उसे डपट देता। इस प्रकार वह कुत्ता रोटी खाता और चला आता।

हमेशा की तरह रामू ने आज भी उसकी ओर आधी रोटी फेंकी, तो उसका कुत्ता गुर्राया, लेकिन न जाने क्यों दोनों में गुत्थम-गुत्था हो गई। जब रामू ने खड़े होकर अपने कुत्ते को ज़ोर से डांटा, तो वह रुक गया। दूसरे को मौक़ा मिलते ही वह आधी रोटी लेकर भाग आया।

वह आधी रोटी मुंह में दबाए हांफता हुआ पगडंडी पर चला जा

रहा था। यह भी सोच रहा था कि आज का दिन मनहूस निकला। चलते-चलते वह नहर की पुलिया पर आ गया। वह इधर-उधर देख रहा था कि कहां बैठकर रोटी आराम से खाई जा सकती है। नहर पूरी तरह से चढ़ी हुई थी। उसके साथ-साथ पानी में उसकी छाया भी चलती जा रही थी। अचानक उसकी नज़र अपनी छाया पर पड़ी। वह एकदम रुक गया। अपनी छाया देखकर उसने सोचा कि यह कोई दूसरा कुत्ता है, जो अपने मुंह में पूरी रोटी लिए मेरे साथ-साथ चल रहा है। कुत्ते को लालच आ गया और अपनी छाया पर ग़ुर्राने लगा। उसको लगा कि दूसरा भी ग़ुर्रा रहा है। वह यह भूल ही गया कि उसके मुंह में आधी रोटी है। भौंकते ही उसके मुंह की आधी रोटी नहर के पानी में गिर गई। वह भौंकता ही रहा। थोड़ी देर बाद उसने देखा कि नहर में दीख रहे कुत्ते के मुंह में अब कुछ भी नहीं है। वह अचरज में डूब गया। उसने सोचा कि उसके मुंह में तो आधी रोटी थी, वह कहां गई? अभी उसने खाई भी नहीं। वह धरती को सूंघते हुए इधर-उधर देखता रहा और हताश होकर गर्दन नीची किए धीरे-धीरे चल दिया।

नहर के उस पार खड़ा एक किसान कुत्ते की मूर्खता पर हंस रहा था। उसके मुंह से निकला, "पूरे के लालच में आधी भी गई।"

जीवित दिया न कौरा, मरे खवाए चौरा

एक गांव में एक आदमी था। वैसे तो वह ग़रीब था, लेकिन घर का गुज़ारा ठीक से चल रहा था। पिता का बनवाया हुआ मकान था और उनका ही धन्धा था। पिता बूढ़ा होने के कारण अब धन्धे पर नहीं जाता था, फिर भी थोड़ा-बहुत सहारा देने के लिए हमेशा तैयार रहता था।

वह लगभग हर साल देवी के पूजन के लिए यात्रा करता था। कभी करौली देवी की यात्रा के लिए राजस्थान जाता, तो कभी वैष्णो देवी की यात्रा पर चला जाता। बच्चे का मुंडन संस्कार होता, जो हरिद्वार जाता। वह जाहरपीर, नगरकोट, नगरसेन जैसे तमाम देवी-देवताओं की पूजा करता रहा। इन सबके लिए लोगों से पैसा ब्याज पर लेता और क़र्ज़ा वर्षों तक उतारता रहता। देवी दर्शन से लौटने पर वह चौकी बैठाता, जागरण कराता। आठ-दस लोग जागरण के लिए बाहर से बुलवाए जाते।

कुछ दिन बाद उसका पिता बहुत कमज़ोर हो गया। उनसे चला-फिरा भी नहीं जाता था। ऐसी स्थिति में पिता ने काम पर जाना बिल्कुल बन्द कर दिया। वह दरवाज़े पर ही बैठा रहता। वहीं पर थोड़ी-बहुत चहलक़दमी कर लेता। जाड़े के दिनों में सर्दी लग जाती, तो खांसी हो जाती और कफ़ आने लगता। जब लड़के से दवा लाने के लिए कहता, तो वह कतराकर निकल जाता। वह और उसकी बहू, दोनों ही उससे उल्टी-सीधी बातें कहते रहते और हिक़ारत से देखा करते। बहू कहती, "मरता भी

तो नहीं। बैठा-बैठा खों-खों करता रहता है।" जब वह किसी खाने की वस्तु को मंगवाने के लिए कहता, तो उससे कुछ-न-कुछ ज़रूर कहते। पानी भी देते, तो कहते, "अब उठकर पानी भी नहीं लिया जाता। पानी भी इनको हाथ में लाकर दो। जैसे और काम तो रहे नहीं हम लोगों को।"

बेटे की बातें सुन-सुनकर उसके आंसू छलछला आते। वह छोटी-छोटी चीज़ों के लिए उनकी ओर टुकुर-टुकुर देखता रहता। उसकी नज़र जब पिता की छलछलाई आंखों पर पड़ती, तो वह कह उठता, "कोई मर गया है, जो आंसू बहा रहे हो या बस्ती वालों को दिखा रहे हो कि मेरा लड़का कुछ भी देखभाल नहीं करता।" जब कभी वह ग़ुस्से में होता तो अपने पिता को गालियां भी सुना देता। वह ज़ोर-ज़ोर से चिल्लाता। उस दिन बस्ती के तमाम लोग अपने-अपने दरवाज़े पर खड़े होकर यह सब तमाशा देखते।

एक दिन पिता बहुत बीमार पड़ गए। देखभाल ठीक से न होने के कारण तबीयत बिगड़ती चली गई। एक दिन उनकी मृत्यु हो गई। दोनों ने थोड़ी देर के लिए आंसू बहाए, फिर शान्त हो गए। पुरसे के लिए आने वाले लोगों से वे कहते, "बहुत इलाज कराया, लेकिन कोई दवा लगी ही नहीं। चल बसे। इतना ही जीवन था उनका।" लोग उनकी बातों को समझते तो सब थे, लेकिन हां-में-हां मिलाते, थोड़ी देर बैठते और चले जाते।

श्राद्ध के दिन थे। पिता को मरे हुए तीसरा साल हुआ था। पिछले दो वर्ष की तरह इस वर्ष भी देसी घी में पूरियां बनाई गई थीं। गर्म-गर्म पूरियों को तोड़कर टुकड़े बना लिए गए थे और टुकड़ों को हथेलियों से मींजकर बारीक़ कर लिया, फिर उसमें दही और चीनी मिलाकर मलीदा बना लिया था। तोरई के हरे पत्ते और थाली में रखा मलीदा लेकर वह छत पर चढ़ गया। वहां मुंडेर पर तोरई के पत्ते पंक्ति में रखकर उनमें मलीदा रखा और अपने पिता को अर्पित कर दिया। थोड़ी देर में कौवे आ गए और मलीदा खाने लगे।

जब वह अपने पिता को श्राद्ध चढ़ा रहा था, तब गली में खड़े सभी लोग देख रहे थे। खिलावन कह रहा था, “देखो तो, कैसे देसी घी का मलीदा अपने मरे बाप को खिला रहा है! तेरहवीं में भी पंचमेल मिठाइयां खिलाई थीं।”

बिरादरी को बीच में टोकता हुआ धनीराम बोला, “क्या खिला रहा है? जब जीवित था, तब कुछ नहीं खिलाया। छोटी-से-छोटी चीज़ मांगने पर बाप को झिड़क देता था। न इलाज ही ढंग से कराया था और न अच्छी तरह देखभाल ही की थी।

भीड़ में एक बुज़ुर्ग खड़ा सबकी बातें सुन रहा था। वह बोला, “जीवित दिए न कौरा, मरे खवाए चौरा।” बेटा, तुम भी यही करोगे बड़े होकर।”

सब लोग उस बुज़ुर्ग की ओर देखते रह गए।

बनिये का बेटा गिरा है, कुछ लेकर उठेगा

एक बनिया और उसका बेटा बाज़ार गया। वह घी की मंडी में पहुंचा, तब उसे याद आया कि घी के लिए बर्तन लाना तो भूल ही गया। फिर सोचा, चलो, बाज़ार चलकर ही कुछ सोचते हैं। वहां गांव के लोग मटकियों में घी लेकर बैठे हुए थे। साथ ही लाला तराजू-बाट लिए बैठा था, जो अपना घी तो बेचता ही था, दूसरे मटकी वालों का घी भी तोल देता था। मटकी वालों से तुलाई के बदले लाला को कुछ पैसे मिल जाते थे। जिनका घी बिक चुका था, वे भी अपनी ख़ाली मटकी लिए बैठे थे। बनिये ने कुछ पैसे देकर एक ख़ाली मटकी ख़रीद ली और घी ख़रीदकर मटकी में भरवा लिया। बाप-बेटे दोनों मटकी लेकर वापस चल दिए।

बनिये का लड़का सिर पर घी की मटकी रखे भीड़ से बचते-बचाते चल रहा था। लड़के के बराबर ही बनिया चला जा रहा था। मुख्य बाज़ार निकल जाने के बाद बनिये ने सड़क पर कुछ चमकता हुआ देखा। लड़के ने भी उस चमकती हुई चीज़ को देख लिया था। अब दोनों ने एक-दूसरे को देखा। बनिया बोला, "देखता क्या है, टूट जाने दे मटकी को।"

बस, इतना कहना था कि बनिये का लड़का गिर पड़ा। मटकी फूट गई और घी दूर-दूर तक बिखर गया। कुछ लोग उठाने के लिए दौड़े। बनिये ने सबको रोकते हुए कहा, "रहने दो, अपने आप उठ जाएगा।"

लड़का आराम से उठा। उसने कपड़े झाड़े, फिर मुट्ठी खोली –

उसमें सोने की अशर्फ़ी थी। सब लोग देखकर आश्चर्य में रह गए। देखने वालों में से एक ने कहा कि उसके हाथ में तो अशर्फ़ी है।"

उसकी बात सुनते ही बनिये ने कहा, "भई, बनिये का बेटा गिरा है, कुछ लेकर ही उठेगा।"

सब लोगों ने यह सोचते राह पकड़ी कि यह तो लड़के का बाप है। सब लोग धीरे-धीरे चल दिए। बनिया और उसका लड़का भी अपनी राह पर चल दिए।

हथियार वह, जो समय पर काम आए

अकबर बादशाह जब प्रसन्न मुद्रा में होते थे, तो कभी-कभी बीरबल से बड़े अटपटे प्रश्न कर दिया करते थे या कभी बीरबल की बुद्धि को परखते रहने के लिए ही कुछ-न-कुछ पूछ लिया करते थे।

एक दिन अकबर बादशाह बीरबल से पूछ बैठे, "बीरबल, सबसे बड़ा हथियार कौन-सा होता है?"

बीरबल ने तुरन्त उत्तर दिया, "जहांपनाह, जो समय पर काम आए।"

अकबर बादशाह ने पूछा कि यह बात कैसे पता चलेगी?

बीरबल ने कहा कि जहांपनाह, ऐसे प्रश्नों के उत्तर के लिए प्रतीक्षा की जाती है। आप उस समय की प्रतीक्षा कीजिए। अकबर बादशाह क्या करते, सुनकर चुप रह गए।

एक बार अकबर बादशाह बीरबल के साथ भ्रमण के लिए निकले। साथ में सिपाही भी थे। चलते-चलते वे एक नगर में पहुंचे। अकबर बादशाह ने देखा कि दूर से एक पागल हाथी चला आ रहा है। महावत उसके पीछे-पीछे चिल्लाता आ रहा था कि बचना, हाथी पागल हो गया है। यह सुनकर अकबर बादशाह और बीरबल चौकन्ने हो गए। अकबर के सिपाहियों ने घेरा बना लिया और सुरक्षा के लिए तैयार हो गए।

इसी बीच अकबर बादशाह ने देखा कि एक आदमी को हाथी ने

सामने से घेर लिया है। उसके निकलने का कोई रास्ता नहीं था। उसे कोई तरकीब भी नहीं सूझ पा रही थी। वह उस पागल हाथी का कर भी क्या सकता था? वह निहत्था और अकेला आदमी। अकबर बादशाह और बीरबल भी सोच रहे थे कि वह आदमी बचने वाला नहीं है। अभी यह पागल हाथी उसे मार डालेगा।

अचानक उस आदमी ने देखा कि वहीं पास में एक कुत्ता लेटा है। फुर्ती से उसने कुत्ते की पीछे की टांगें पकड़कर घुमाया और आगे बढ़कर हाथी के माथे पर दे मारा। कुत्ते के चोट लगने पर वह ज़ोर-ज़ोर से कांय-कांय करके चिल्लाया और फिर अपनी जान बचाकर भागा। हाथी पागल तो था ही। वह भी घबरा गया और चिंघाड़कर उल्टे पांवों, जिधर से आया था, उधर ही भाग गया।

यह दृश्य देखकर बीरबल को कुछ दिन पहले अकबर बादशाह द्वारा पूछा गया प्रश्न याद आ गया। उससे सबसे बड़े हथियार के बारे में पूछा गया था। बीरबल ने अकबर बादशाह की ओर देखा। इस अजूबे दृश्य को देखने के बाद अकबर भी बीरबल की ओर देख रहे थे। उन्होंने बीरबल की आंखों में एक चमक देखी। अकबर कुछ पूछने वाले ही थे

कि बीरबल बोल पड़े, "जहांपनाह, आपको याद है। कुछ दिन पहले आपने एक प्रश्न पूछा था कि सबसे बड़ा हथियार कौन-सा है? और मैंने उत्तर दिया था कि जो समय पर काम आए।"

अकबर बोले, "हां, याद है।"

बीरबल ने कहा, "यह भी याद होगा कि मैंने कहा था कि इसके सबूत के लिए समय की प्रतीक्षा कीजिए।"

अकबर बोले, "हां, यह भी याद है।"

बीरबल ने कहा, "जहांपनाह, वह समय आ गया। आपने देखा कि पागल हाथी के सामने जो आदमी था, उसके पास कोई हथियार नहीं था, लेकिन उस समय उस व्यक्ति के दिमाग़ ने काम किया और कुत्ते को हथियार की तरह इस्तेमाल करके वह सफल हुआ।"

बीरबल की बात सुनकर अकबर बादशाह ने कहा, "ठीक कहते हो बीरबल, सचमुच, 'हथियार वह जो समय पर काम आए'।"

कम खाओ और ग़म खाओ

एक गांव में एक परिवार था। उस परिवार में सब लोग अच्छे थे। प्रेम से बोलते थे और अपने-अपने काम-धन्धे में लगे हुए थे। गांव के ऊंचे परिवारों में वह परिवार गिना जाता था। उनकी रिश्तेदारियां भी अच्छे परिवारों में थीं।

सब-कुछ ठीक होते हुए भी उस परिवार में एक लड़का झगड़ालू था। बचपन से ही उसकी झगड़े की शिकायतें आती रहती थीं। जब वह जवान हुआ, तो भी उसकी लड़ने की आदत छूटी नहीं, बल्कि और अधिक बढ़ती गई। एक लड़के से सारा परिवार परेशान रहने लगा। परिवार के लोग जो किसी को गाली तक नहीं देते थे, उन्हें इसके चक्कर में झगड़ना पड़ता। उन्हें झूठ बोलना पड़ता और उसकी तरफ़दारी करनी पड़ती। यदि बात हाथापाई तक पहुंचती, तो परिवार वालों को अपने बचाव के लिए जूझना पड़ता। चोटें भी आतीं और मुक़दमे भी चलते।

एक बार इतनी ज़ोर से फ़ौजदारी हुई कि परिवार के दो लोग बुरी तरह से घायल हो गए। महीनों चारपाई पर पड़े रहे और इलाज चलता रहा। एक बार फ़ौजदारी में परिवार का एक सदस्य जान से हाथ धो बैठा। मुक़दमेबाज़ी में परिवार बुरी तरह से पिस गया। बरसों मुक़दमा चला। बाद में राज़ीनामा हो गया। इस फ़ौजदारी के बाद रिश्तेदारों और बुज़ुर्गों ने उस लड़के को बहुत समझाया, लेकिन वह अपनी आदत से मज़बूर था।

एक बार फिर वह झगड़ा कर बैठा। उस समय उसके ऊपर परिवार का अच्छा-ख़ासा बोझ था, फिर भी उसे बिल्कुल परवाह नहीं थी। आख़िर पंचायत बैठाई गई। रिश्तेदारों तथा मोहल्ले वालों ने उसे ख़ूब समझाया। पंचायत में आए एक आदमी ने उसे समझाते हुए कहा, "अब तुम बाल-बच्चे वाले हो गए हो। सारे परिवार का भार तुम्हारे कन्धे पर है। अब ग़ुस्सा करना और लड़ना-झगड़ना छोड़ देना चाहिए। नहीं तो बर्बाद हो जाओगे।"

दूसरे आदमी ने कहा, "भैया, ग़ुस्सा ठीक भोजन की तरह होता है। लोगों का कहना है कि भोजन कम करना चाहिए। इससे बदहज़मी नहीं होती और आदमी बीमार भी नहीं पड़ता। वह तो हमेशा अधिक खाने से बीमार पड़ता है। कम खाने का मेरा मतलब यह नहीं है कि इतना कम खाओ कि कमज़ोर हो जाओ। इसी तरह ग़ुस्सा भी कम खाओ। ग़म ठीक इसके उल्टा होता है। ग़म जितना अधिक खाओगे, ग़ुस्सा उतना कम आएगा। ग़म इतना अधिक खाओ कि ग़ुस्सा न आए। ग़ुस्सा नहीं आएगा, तो झगड़े ही नहीं होंगे। हां, इतना ग़म खाने का मेरा मतलब यह बिल्कुल नहीं है कि कोई सिर पर सवार हो जाए और मारता-पीटता चला जाए। कहते हैं कि मरता क्या न करता, ऐसी स्थिति में अपने बचाव के लिए लड़ना भी पड़ता है।"

सरपंच ने कहा, "ठीक कहते हो भैया, इतने अच्छे तरीक़े से और कोई नहीं समझा सकता। अब गांठ बांध लो बेटा, लड़ना ठीक नहीं है।"

पंचायत में बैठे एक बुज़ुर्ग ने कहा, "बेटा, 'कम खाओ और ग़म खाओ', और मस्त रहो।"

बुज़ुर्ग की बात सुनकर सभी लोग हां में सिर हिलाने लगे।

या जागे जिसके घर सांप, या जागे बेटी का बाप

एक मुखिया था। उसकी एक लड़की थी। उसने लड़की को बड़े लाड़-प्यार से पाला और पढ़ाया-लिखाया था। जैसे-जैसे वह बड़ी होती जा रही थी, मुखिया की चिन्ताएं बढ़ती जा रही थीं। जब लड़की विवाह के योग्य हुई, तो मुखिया लड़के की तलाश में घूमने लगे। दस जगह घूमते, तब एक लड़के का पता चलता। उस पर भी लड़के की या लड़के वालों की मांग होती।

तंग आकर मुखिया ने तय किया कि यदि कोई लड़का उसकी बेटी से उन्नीस भी हुआ, तो शादी पक्की कर देगा। मुखिया ने फिर चक्कर लगाने शुरू कर दिए। ऐसे में भी बात नहीं बनी। फिर सोचा, चलो, किसी ग़रीब घर का लड़का ही देखा जाए, उसने फिर घूमना शुरू कर दिया। इस बार भी काम नहीं बना। ग़रीब लोग भी लेन-देन की बातों में उलझे मिले।

लड़की युवा थी, इसलिए आते-जाते उस पर निगाह रखी जाती। मुखिया को कुछ ऊंच-नीच घट जाने का डर हमेशा बना रहता। जब भी मुखिया बाहर जाता, तो अपने घर वालों से विशेष ध्यान रखने के लिए कह जाता। उन्हें यह भी ध्यान रखना पड़ता था कि लड़की को इस बात का मालूम न पड़े कि उस पर निगाह रखी जा रही है।

लड़का न मिलने से मुखिया को नींद नहीं आती थी। रात-रात-भर जागकर वह लड़की के बारे में ही सोचता रहता। सुबह होते-होते मुश्किल से दो-डेढ़ घंटे नींद ले पाता। साथ में पत्नी भी मुखिया के साथ रतजगा करती।

रिश्तेदारियों में मुखिया ही जाता था। जहां भी वह जाता, रिश्तेदार को लेकर आस-पास के गांवों में लड़के देखने चला जाता। एक बार वह अपने साले के लड़के की बारात में गया। वहां तमाम रिश्तेदार आए हुए थे। रात को सोते समय लोगों में लड़के-लड़कियों और रिश्तों की बातें छिड़ गईं। मुखिया ने भी अपनी चिन्ता बताई और यह भी बताया कि अब उसे रात में नींद भी नहीं आती। उसका एक रिश्तेदार बोला, "मुखिया जी, जैसे किसी के घर में सांप आ जाए और वह निकल न पाए, तो समझो उस घर के मुखिया को नींद नहीं आएगी। उसे भय बना रहेगा कि कहीं सांप निकलकर किसी को काट न ले। इसी भय में वह रात-भर जागता रहता है। उसे नींद नहीं आती। इसी प्रकार लड़की वाला भी लड़की की चिन्ता में डूबा रहता है कि लड़की की शादी होगी या नहीं। कहीं कोई ऊंच-नीच न हो जाए। भैया, आपको ही नहीं, जिसकी भी जवान लड़की हो, उसको इसी तरह की बीमारी हो जाती है। वहीं एक बुज़ुर्ग बाबा बैठे थे। मुखिया के रिश्तेदार की बात समाप्त होते ही बोल पड़े, "मुखिया जी, यह तो वही बात हुई, 'या जागे जिसके घर सांप या जागे लड़की का बाप'। कुछ समझे।"

दीवार को खाए आला, घर को खाए साला

तिलक के लड़के की शादी पक्की होने जा रही थी। मोहल्ले के लोग इकट्ठे हो चुके थे। पक्का करने वाले अभी आए नहीं थे। सब लोग उनका इन्तज़ार कर रहे थे। लोग बैठे-बैठे आपस में बातें कर रहे थे। दीनानाथ कह रहा था, "पिछले वर्ष की बरसात तो निकल गई काका अबकी बरसात निकालना बड़ा मुश्किल है।"

शम्भू ने कहा, "क्या बात हो गई भैया?"

दीनानाथ ने फिर कहा, "मकान की दीवार कमज़ोर हो गई है। ऐसा है कि उस दीवार में एक आला है। आले में से एकाध ईंट खिसक गई है। उस दीवार के ऊपर एक छोटा कमरा बना है। लगता है, इस बरसात में कहीं गिर न जाए।" इतना कहकर दीनानाथ चुप हो गया।

रामचरन बोला, "भैया, आले ने तो मेरा चौपट कर दिया। पीछे की दीवार में बड़ा आला था। पीछे से चोरों ने आले को तोड़कर चोरी कर ली।" इसी प्रकार अपने-अपने मकान, चबूतरा, छत, दीवार के बारे में बातें होती रहीं।

बातें मकान से चलीं, तो रिश्तेदारों पर आ टिकीं। रिश्तेदारों की बातों का सिलसिला शुरू हो गया। कोई कहता कि मेरा जमाई तो कसाई निकला। वैसे ही उसके परिवार वाले निकले। मेरी लड़की को मार डाला। कोई कहता कि मेरा जमाई बहुत अच्छा है। उसने मुझे बहुत सहयोग दिया। हमारे लड़के तो निकम्मे निकले। इस प्रकार कोई अपने समधी

की बात करता, तो कोई ससुर की। बात चलते-चलते सालों पर आ टिकी। एक ने कहा कि मेरा साला हज़ारों में एक है। जब मैं जाता हूं, तो मेरी ख़ूब सेवा करता है। दूसरे ने कहा कि मेरा साला मेरे से कोई मतलब नहीं रखता। दूर-दूर रहता है, ताकि कोई सेवा न करनी पड़े। रामफल बोला कि मेरा साला बेईमान है। उधार लेकर गया, आज तक वापस नहीं किया। शिवचरण ने कहा कि भैया, मेरे साले ने तो मेरी ऐसी-तैसी कर रखी है। जब से मेरे यहां रहने लगा है, तब से मेरा पैसा पानी की तरह बहने लगा है। अगर कुछ कहो तो पत्नी नाराज़ हो जाती है। मेरी समझ में तो कुछ नहीं आता भैया।

एक आदमी बोला कि तुम क्या कर सकते हो। तुम तो अपनी पत्नी के ग़ुलाम हो। इतना सुनते ही शिवचरण तुनक गया। इन सबकी सुनकर काका बोले, "अरे, भई इसमें बुरा मानने की क्या बात है। असल बात यह है कि 'दीवार को खाए आला, घर को खाए साला'।"

सब लोग कहने लगे कि ठीक कहा काका तुमने।

मैं आपका सेवक हूं, बैंगनों का नहीं

एक नगर में एक सेठ था। उसने नवाबों की देखा-देखी अपने यहां एक रसोइया रख लिया। रसोइया सेठ के लिए बढ़िया-बढ़िया भोजन बनाता और सेठ उसके भोजन बनाने की कला से ख़ुश रहता।

रसोइया अधिकतर खाना बनाने से पहले सेठ जी से पूछ लेता था। कभी सेठ जी अपनी तरफ़ से बताकर रसोइये की राय लेते थे। रसोई में क्या-क्या बनाया जाए, यह जानने के लिए एक दिन रसोइया सेठ के पास खड़ा था। सेठ जी ने उसको कई सब्ज़ियां बनाने को कहा और पूछा, "सुना है बैंगन सबसे बढ़िया सब्ज़ी होती है। तुम्हारा क्या विचार है महाराज।"

रसोइये ने कहा, "आप ठीक कहते हैं सेठ जी।"

सेठ फिर बोला, "देखने में भी बैंगन बहुत अच्छा लगता है। इसे काटने पर बीज ऐसे चमकते हैं, जैसे आकाश में चमकते तारे हों। इसमें बहुत-से गुण हैं।"

रसोइया बोला, "हां जी, आप ठीक कह रहे हैं।"

सेठ ने फिर कहा, "उसका डंठल देखा, लगता है, जैसे राजा ने सिर पर मुकुट पहन रखा हो।"

रसोइया बोला, "हां जी, आप ठीक कह रहे हैं।"

सेठ ने कहा, "अच्छा आज भोजन में बैंगन की सब्ज़ी बनाओ।

बहुत बढ़िया बनना चाहिए।"

रसोइया अच्छा जी बोला और चला गया।

रसोइये ने ख़ूब मसाला और चिकनाई डालकर तरीदार सब्ज़ी बनाई। सब्ज़ी में तरी गाढ़ी थी, जिससे इतनी बढ़िया बनी कि सेठ जी अधिक रोटियां खा गए। उनका पेट रात-भर गुड़-गुड़ करता रहा और दर्द से करवटें बदलते रहे। लेटे-लेटे सोचते रहे कि बैंगन की सब्ज़ी से ही यह तकलीफ़ हुई है।

सुबह नहा-धोकर सेठ ने सबसे पहले रसोइये को बुलाया और उससे कहा, "बैंगन की सब्ज़ी तो बहुत ख़राब होती है। रात-भर दर्द होता रहा। बिना सोए पूरी रात बिता दी।"

रसोइया बोला, "हां जी, आप ठीक कह रहे हैं।"

सेठ ने आगे कहा, "मालूम पड़ता है कि बैंगन में कोई भी गुण नहीं है। लोग ऐसे ही कहते हैं कि इसमें बहुत फ़ायदे हैं। बंगाली इसे बेगुन ठीक ही कहता है। सचमुच इसमें एक भी गुण नहीं है।"

रसोइया बोला, "हां जी, आप ठीक कह रहे हैं।"

रसोइये का एक-जैसा जवाब पाकर सेठ जी झल्ला उठे, "क्या हां-जी हां-जी लगा रखा है?" कल भी यही कह रहे थे। तुमको तभी बता देना चाहिए था कि बैंगन ठीक नहीं है। तब मैं क्यों परेशान होता। रात-भर दर्द से करवटें बदलता रहा।"

सेठ जी की बात पर रसोइया थोड़ा तिलमिलाया, लेकिन सधे स्वर में बोला, "सेठ जी, मुझे आपकी हां-में-हां तो मिलानी ही पड़ेगी। आपका विरोध करके अपनी नौकरी थोड़े ही खोनी है। कोई भी हो आपके सामने दूसरे की बढ़ाई नहीं कर सकता और फिर, 'मैं आपका सेवक हूं, बैंगनों का नहीं'।"

रसोइये का जवाब सुनकर सेठ जी चुप हो गए।

चोर चोरी से जाए, हेराफेरी से न जाए

एक चोर था। एक समय उसने ख़ूब चोरी की। ख़ूब धन लूटकर अच्छा-अच्छा खाया, अच्छा-अच्छा पहना। उस समय उसने किसी के दुख-दर्द को नहीं समझा। जिसका भी धन मिला, चोरी कर लिया। उसके पास जैसे पैसा आता था, वैसे ही चला जाता था। चोरी की वजह से घर-परिवार भी छूट गया था।

चोरी करना अब इतना आसान नहीं रह गया था। कभी कुछ मिल जाता, तो कभी ख़ाली लौटता। दाल-रोटी का गुज़ारा भी मुश्किल से हो पाता। एक दिन उसके पास खाने को कुछ भी नहीं था। उधार भी किसी ने नहीं दिया था। इसलिए उस दिन उसे भूखा ही सोना पड़ा। शाम को आंख खुलते ही फिर भूख लग आई। उससे अब और भूखा नहीं रहा गया। इसलिए रात होते ही वह फिर चोरी करने निकल पड़ा। घंटों इधर-उधर घूमता रहा, लेकिन कहीं चोरी का जुगाड़ नहीं बैठा। आख़िर एक जगह थक-हारकर बैठ गया। बैठे-बैठे बहुत देर तक सोचता रहा।

उसे याद आया कि गांव के बाहर बाबा की कुटी है। उनके यहां कुछ-न-कुछ खाने को अवश्य मिल जाएगा। वहीं कुछ जुड़ा हुआ धन भी मिल सकता है। यह सोचते हुए उठा और कुटिया की ओर चल दिया।

चोर जब कुटिया के दरवाज़े पहुंचा, तो उसे बाबा कुटिया के बाहर टहलते हुए मिले। आमना-सामना हो गया। सामना होते ही चोर सकपका

गया। कुछ क्षण चुपचाप खड़ा रहा, फिर उसने बाबा के पैर छू लिए। बाबा ने कहा, "ख़ुश रहो।" थोड़ा रुककर बाबा ने पूछा, "कहो बेटा, इतनी रात में कैसे आना हुआ?"

चोर के मुंह पर जैसे ताला लग गया हो। मुंह से एक शब्द भी नहीं निकला। बाबा समझ गए कि यह घबरा रहा है। कुटिया के बाहर एक तख़्त रखा था। बाबा ने उससे उसी तख़्त पर बैठने के लिए कहा और ख़ुद टहलने लगे।

बाबा अपने गुरुदेव का भोग लगाकर बाहर थोड़ा हवा लेने को निकले थे। थोड़ी देर बाद वह कुटिया में गए उसे भी साथ ले गए। एक आसन डालते हुए उससे कहा, "आकर आसन पर बैठ जाओ।"

वह बैठ गया। उसने देखा कि गुरुदेव के सामने भोजन की थाली रखी हुई है। पास ही एक लोटे में पानी रखा हुआ है। धूप-अगरबत्ती की महक कुटिया में भरी हुई थी। बाबा ने चोर से पूछा, "बेटा, तू भूखा तो नहीं है?"

पहले तो चोर ने सोचा कि मना कर दे, लेकिन भूख से उसकी जान निकली जा रही थी। वह बोला, "हां बाबा, भूख तो ज़ोर से लगी है।"

बाबा ने कहा, "बाहर डोलची में पानी रखा है। हाथ-पैर धोकर आ जाओ।" वह गया और हाथ-पैर धोकर आ बैठा।

बाबा ने एक थाली निकाली और भोग में रखी हुई थाली में से आधा भोजन उसमें परोस दिया और उसके सामने रखते हुए कहा, "लो बेटा, गुरु जी का प्रसाद पाओ।" दूसरी थाली रखकर वह अपने आसन पर बैठ गए और गुरुदेव को प्रणाम करके भोग लगी उस थाली का भोजन खाने लगे।

बाबा ने खाना खाकर सोने की तैयारी की। सोने से पहले उन्होंने कहा, "जाओ बेटा, आराम करो।"

चोर का मन जाने को नहीं चाह रहा था, इसलिए उसने बाबा से कहा, "बाबा, बहुत रात हो गई है। सुबह ही चला जाऊंगा।"

बाबा ने कहा, "अच्छा, सो जाओ तख़्त पर।" वह तख़्त पर जाकर लेट गया।

चोर लेटा-लेटा सोचता रहा, बाबा तो ईश्वर का रूप हैं। यहां तो स्वर्ग समझो। मैं बाबा की चोरी करने आया था। इनका बुरा चाहता था, लेकिन बाबा ने बिना कुछ पूछे भोजन कराया। इतने प्यार से तो कभी घर में भी भोजन नहीं मिला। अब चोरी छोड़कर यहीं रहना चाहिए और बाबा की सेवा करनी चाहिए। दो टाइम की रोटी तो मिलती ही रहेगी। पाप भी सारे धुल जाएंगे। और अन्त में यह सोचता हुआ सो गया कि अपनी ग़लती की क्षमा मांगकर बाबा की शरण ले लेगा।

सुबह होते ही स्नान करके बाबा ने अपने गुरुदेव का भोग लगाया। इसके बाद बाबा और चोर दोनों ने खाना खाया। खाना खाने के बाद जब बाबा ने उससे जाने के लिए कहा, तो वह फफक-फफककर रोने

लगा। बाबा ने पूछा कि क्या बात हो गई?

उसने बाबा के पैर पकड़ लिए और कहने लगा, "बाबा, मुझे क्षमा कर दीजिए। मैं चोर हूं। आपके यहां चोरी करने आया था। आपने बिना कुछ जाने मुझे भोजन कराया और इतना प्यार दिया। ऐसा प्यार मुझे आज तक किसी से नहीं मिला।"

बाबा ने कहा, "बेटा उठो।"

वह रोता रहा, कहता रहा, "जब तक आप क्षमा नहीं करेंगे, मैं पैर नहीं छोड़ूंगा।"

बाबा ने उसे उठाते हुए कहा, "अच्छा, क्षमा किया। अब खड़े हो जाओ।"

वह आंसुओं को पोंछते हुए खड़ा हो गया। कभी भी चोरी न करने का वचन दिया और कहने लगा, "बाबा, मैं अब आपके चरणों में रहकर आपकी सेवा करना चाहता हूं। मैं यहां से अब कहीं नहीं जाऊंगा।"

बाबा को दया आ गई। वह सोचने लगे, चलो, इसी बहाने अगर यह बुराई छोड़ देगा, तो अच्छा रहेगा। यही सोचकर बाबा ने उसे अपने यहां रख लिया। अब वह बाबा के साथ नियम से उठता, स्नान आदि करके गुरुदेव की पूजा में शामिल होता और बाबा की सेवा करता।

एक बार एक आश्रम से भंडारे का बुलावा आया। बाबा गए, तो उसको भी साथ लेते गए। वह बहुत बड़ा आश्रम था। भंडारे में हज़ारों सन्त, महात्मा, साधु दूर-दूर से आए थे। उस आश्रम में सबके ठहरने की अच्छी व्यवस्था थी। भंडारे का कार्यक्रम कई दिन तक चलना था। आश्रम में जगह-जगह साधु-सन्तों के गुट इधर-उधर बैठे आपस में बतियाते रहते। जब सब लोग पूजा-घर में एक साथ इकट्ठे होते, तो अपनी-अपनी खड़ाऊ बाहर ही उतार जाते।

एक दिन बाबा के उस चेले को मज़ाक़ सूझा। साधु-सन्त पूजा में शामिल थे। सबकी खड़ाऊं बाहर रखी थीं। चेले ने खड़ाऊं के कुछ जोड़ों

को बिगाड़ दिया, यानी जोड़ी की एक खड़ाऊं कुछ दूर दूसरी जगह पर रख दी। इस तरह तमाम खड़ाऊंओं की एक खड़ाऊं इधर-उधर हो गई। साधु-सन्त पूजा करके बाहर निकले, तो बहुत परेशान हुए। दूसरे दिन भी साधु-सन्त इसी तरह परेशान होते रहे।

तीसरे दिन वह पकड़ा गया। पूछने पर पता चला कि यह अमुक बाबा का चेला है। उसे उस बाबा के पास ले जाया गया। बाबा को अपने चेले की करतूत पर बड़ा दुख हुआ और वह कहने लगे, "चोर चोरी से जाए, हेराफेरी से न जाए।"

भानमती ने कुनबा जोड़ा

भानमती नाम की एक राजकुमारी थी। उसने नगर के बाहर एक महल बनवाया, जिसमें आश्रम की तरह लोगों के रहने की जगहें बनाई गई थीं। पशु-पक्षियों के विहार के लिए भी तरह-तरह के स्थल बनाए गए थे। उसको बनवाने के लिए कई जगह से पत्थर मंगवाए गए थे। उस महल में कहीं पाठशालाएं थीं, तो कहीं जन्तर-मन्तर पढ़ने की वेदियां। कहीं जगह-जगह कुटियां थीं, तो कहीं आने वालों के लिए सुन्दर भवन। बाहर से देखने में भी महल अनोखा लगता था। दीवार कहीं नीची, तो कहीं ऊंची। कहीं ईंटों की दीवारें थीं, तो कहीं पत्थरों की। किसी दरवाज़े पर एक कंगूरा था, तो किसी पर दो और किसी पर एक भी नहीं था। बेतरतीब बना था उसका महल।

महल में दूर-दूर से जादूगर, ज्योतिषी, खगोलशास्त्री, नज़र बांधने वाले मदारी, बाज़ीगर झाड़-फूंक करने वाले ओझा, फ़क़ीर, साधु जैसे तरह-तरह के लोग आकर बस गए थे। महल में तरह-तरह के प्रयोग और प्रशिक्षण चलते रहते और लोगों का इलाज भी किया जाता था। उसमें एक हिस्सा ऐसा भी था, जिसमें मैना, तोता, बुलबुल, कबूतर, उल्लू, कौआ, बाज जैसे पक्षियों को रखा गया था। इन पक्षियों को बोलने का प्रशिक्षण दिया जाता था। इसी प्रकार गधा, बिल्ली, कुत्ता, सेई, गीदड़, बकरी, गाय, शेर, घोड़ा तमाम तरह के जानवरों को रखा गया था।

आए दिन इस महल से तरह-तरह की ख़बरें निकला करती थीं।

झाड़-फूंक द्वारा उपचार के लिए मुनादी पिटती रहती थी। तरह-तरह के जानवरों को उस महल में आते-जाते देखा जाता था। उस नगर के लोग तथा अन्य नगरों से आने वाले इस महल में बसी हुई दुनिया को अद्‌भुत तरीक़े से लिया करते थे।

महल में तरह-तरह की प्रतियोगिताएं चलती रहती थीं। एक बार प्रतियोगिताएं चल रही थीं। लोग तरह-तरह के कपड़ों में हर प्रकार के जानवरों और पक्षियों के साथ वहां आ-जा रहे थे। लोगों को यह सब देखकर अजीब-सा लग रहा था। इस तरह का सिलसिला जब होता था, तो नगर के लोग देखने के लिए महल के दरवाज़े पर इकट्‌ठे हो जाते थे। इस बार भी लोग दरवाज़े पर ही इकट्‌ठे थे। आपस में ख़ूब बातें कर रहे थे। कोई कहता कि इस राजकुमारी को क्या सूझा है? राज का सुख छोड़कर इस इन्द्रजाल में फंस गई है। कोई कहता कि इसमें इसे क्या परेशानी है? सब ख़र्च राजा के यहां से मिलता रहता है। कोई कहता कि इसे क्या हो गया? राजघराना छोड़कर इन ऊटपटांग लोगों, जानवरों और पक्षियों में रहती है। जाने कहां-कहां से लाकर उसने महल में बसा लिए हैं। कोई कहता कि इन सबको एक परिवार की तरह पालती है। ये सब एक परिवार की तरह रहते हैं।

एक आदमी सबकी बातें सुन रहा था। वह बोला, "कहीं की ईंट, कहीं का रोड़ा। भानमती ने कुनबा जोड़ा।"

सब लोगों के मुंह से निकला कि ठीक कहते हो भैया तुम।

सुखी रहो जिजमान, हिये की दोनों फूटें

एक नगर में एक साहूकार था। उसके पास बहुत धन-दौलत थी। पिता बहुत बूढ़े थे। कुछ दिनों बाद वह चल बसे। पूरा घर शोक में डूब गया। हालांकि साहूकार का परिवार भरा-पूरा था, फिर भी वह अकेला महसूस करता था। बुजुर्ग पिता साहूकार को व्यापार करने के तौर-तरीक़े की बातें समझाते रहते थे। पिता के कारण ही साहूकार को नगर के भले लोगों का सम्मान मिलता रहता था।

साहूकार ने अपने पिता के साथियों के साथ सम्बन्ध लगभग समाप्त कर लिए थे। कुछ लोग थे, जिनसे उसने सम्पर्क बनाए रखा था। वह अपने पिता की तरह खुले दिल का नहीं था। वह सिर्फ़ मतलब से काम रखता था और मान-बढ़ाई के चक्कर में पैसे बर्बाद नहीं करता था। उसने उन लोगों के यहां आना-जाना भी बन्द कर दिया था। आते-जाते रास्ते में यदि कोई मिल जाता, तो नमस्कार अवश्य कर लेता था।

एक दिन साहूकार को रास्ते में चौबे जी मिल गए। जब साहूकार ने चौबे जी को नमस्कार किया, तो उन्होंने नमस्कार तो लिया, लेकिन साथ ही एक शिकायत भी जड़ दी। चौबे जी ने कहा, कई पीढ़ियों से हम लोग आपके यहां पुरोहिताई करते आ रहे हैं। शादी-विवाह, तीज-त्योहार के अवसरों पर भी जिजमानी करते हैं। आपने तो बिल्कुल भुला दिया।"

साहूकार के पिता की तेरहवीं में तो चौबी जी आए थे। उसके

बाद क़रीब दस महीने हो गए। उन्हें बुलाया नहीं गया। दो महीने बाद श्राद्ध के दिन आने वाले थे। साहूकार ने सोचा कि श्राद्ध में किसी-न-किसी को तो बुलाना ही है। इन्हें आने के लिए कह दो। यह सोचकर साहूकार ने कहा, "अच्छा, ध्यान रखेंगे।" और आगे बढ़ गया।

दो महीने बाद साहूकार के पिता के श्राद्ध का दिन आ गया। एक दिन पहले साहूकार ने चौबे जी के पास बुलावा भेज दिया था। श्राद्ध के दिन वह आ गए। श्राद्ध-पूजन होने के बाद साहूकार ने चौबे जी को भोजन परोसा। एक थाली में पूरियां और छोटी-छोटी चार कटोरियों में खीर, रायता, सब्ज़ियां थीं। थाली को पंडित के सामने रखते हुए साहूकार बोला, "खाना बहुत बढ़िया बना है चौबे जी। यह थाली मेरे पिता जी की ख़रीदी हुई है।"

थाली में परोसे गए भोजन को देखकर चौबे जी का दिल जल गया। उनकी ख़ुराक तो दो सेर आटे की पूरियों की थी और जो भोजन सामने रखा था, चौबे के लिए ऊंट के मुंह में जीरे के समान था। पंडित

भोजन करते हुए मन में सोच रहे थे, जैसा तू भोजन कराएगा, वैसा ही आशीर्वाद पाएगा।

खाना खिलाते समय साहूकार ने दो-तीन बार दो-दो पूरियां और रखीं। चौबे जी खाना खाकर उठ खड़े हुए। दान में मिला सामान अंगोछे में बांधकर चलने को तैयार हुए। साहूकार ने उनसे कहा, "चौबे जी, आशीर्वाद तो देते जाओ।"

इतना सुनते ही चौबे जी के पतंगे लग गए। बुरा-सा मुंह बनाकर बोले –

"सुखी रहो जिजमान, हिये की दोनों फूटें।
घोटुन के बल चलो, दांत बत्तीसों टूटे।"

इतना सुनते ही साहूकार का चेहरा फीका पड़ गया। दुखी आवाज़ में बोला, "पंडित जी यह कैसा आशीर्वाद दे दिया। लोग तो लम्बी आयु का आशीर्वाद देते हैं।"

चौबे जी बोले, "मैंने लम्बी आयु का ही तो आशीर्वाद दिया है। सौ-सवा सौ साल जिओगे जिजमान।"

साहूकार बोला, "चौबे जी, आपने तो आंखें फूटने, दांत टूटने और पैरों के टूटने की बात कही है।"

चौबे जी थोड़ा मुस्कुराते हुए बोले, "यही तो है लम्बी आयु। बुढ़ापा आने पर ही तो दीखना बन्द होता है, दांत एक नहीं रहता और शरीर में भी जान नहीं रह जाती। तभी तो वह घुटनों के बल चलता है। यह स्थिति सौ वर्ष की आयु के आस-पास होती है। मैंने तुम्हें तो सौ वर्ष से अधिक जीने का आशीर्वाद दिया है।"

साहूकार चौबे जी को देखता ही रह गया।

रोज़ी है तो रोज़ा है

असलम अपने परिवार में सबसे बड़ा लड़का था। दो भाई और दो बहनें छोटी थीं। उसके पिता बुड्ढे हो गए थे। इसलिए उनसे काम कम होता था, लेकिन अब भी परिवार का पालन-पोषण असलम के पिता ही कर रहे थे। असलम बिल्कुल नाकारा था। इधर-उधर बैठकर समय काटता था। उसका विवाह हो गया था और दो बच्चे भी थे। ख़र्चे को लेकर कई बार बाप-बेटे में तू-तू, मैं-मैं हो जाती थी। कई बार असलम को घर से अलग किया जा चुका था, लेकिन असलम के बच्चों का बुरा हाल होते देखकर बार-बार साथ रख लिया जाता था। किसी तरह घर की गाड़ी घिसट रही थी।

असलम को मोहल्ले के बुज़ुर्ग और रिश्तेदार भी समझाते रहते थे। सबका यही कहना होता कि तुम्हारे पिता घर का ख़र्चा अब नहीं उठा पा रहे हैं। उनके अलावा घर में कोई दूसरा सहारा देने वाला नहीं है। तुम सहारा देने लायक़ हो, लेकिन कुछ करते ही नहीं। अपना बोझ भी ख़ुद नहीं उठा पाते। छोटे भाई-बहनों के विवाह भी होने हैं। यह सब कैसे होगा? इन सब बातों के बारे में कभी सोचा। ख़ुदा न करे कहीं तुम्हारे पिता को कुछ हो जाए, तब क्या होगा? अभी कमाने की तुम्हारी आदत नहीं बनी है, आगे तो बहुत मुश्किल हो जाएगा। कम-से-कम खाना-पहनाना सबके लिए ज़रूरी होता है।

रोज़ों के दिन चल रहे थे। चारों ओर चहल-पहल और ख़ुशी का

वातावरण छाया था। रोज़ों का एक सप्ताह बीत चुका था। सुबह चार बजे उठना। नहा-धोकर थोड़ा कुछ खा लेना। पूरे दिन यूं ही रहना और शाम को मनचाहा भोजन बनाकर खाना – सबकी दिनचर्या थी, लेकिन असलम का ही एक ऐसा परिवार था कि रोज़े के न रखते, फिर भी जैसे रोज़े से ही रहते। रोज़ों के दिनों में अच्छा खाना तो छोड़िए, दाल-रोटी भी नसीब नहीं हो पा रही थी। रोज़े रखना, न रखना सब बराबर था।

रोज़े के दिनों में ही असलम के यहां उसके चाचा, ख़ाला, भाई, फूफा और फूफी मिलने आ गए। सब लोग असलम को समझा रहे थे। उसका फूफा कह रहा था, "देखो, असलम, लोगों के यहां रोज़े रखे जा रहे हैं। तुम्हारे यहां तो रोज़मर्रा की तरह घर में भोजन नसीब नहीं है, फिर रोज़ों में तो अच्छा भोजन बनता है। अच्छा भोजन तब ही बनेगा जब घर में पैसे होंगे। घर में पैसे तब होंगे, जब कोई काम करोगे।"

उसके चाचा ने बीच में कहा, "तेरे फूफा ठीक ही कह रहे हैं – 'रोज़ी है तो रोज़ा है।"

असलम सिर झुकाए सुनता रहा। उसकी कुछ-कुछ समझ में आ रहा था।

मरी बछिया बामन के सिर

एक गांव में एक सरपंच था। वह सम्पन्न तो था, लेकिन कुछ कंजूस भी था। उसका एक ही लड़का था। वह कामचोर और झगड़ालू था। जब विवाह योग्य हुआ, तो सरपंच को चिन्ता होने लगी। बहुत कोशिश करने के पश्चात भी उसका विवाह नहीं हो पा रहा था। जब कोई उसके लड़के को देखने आता, तो गांव के लोग लड़की वाले के कान भर देते। कुछ लड़की वालों को गांव में आने के पहले लड़के के बारे में पता चल जाता था और उनकी आने की मनाही आ जाती थी।

एक दिन वह पास के गांव में गया। वहां उसके एक रिश्तेदार के यहां कथा थी। रिश्तेदार ने उसकी जान-पहचान कथावाचक पंडित से कराई। उससे कहा, "यह हमारे रिश्तेदार हैं। पास के गांव के सरपंच हैं। बस, एक ही बात से दुखी हैं। इनके लड़के का विवाह नहीं हो पा रहा है।"

पंडित जी ने तुरन्त कहा, "आप कथा करवाओ सरपंच जी, फिर आपके लड़के की शादी बहुत जल्दी हो जाएगी।"

लेकिन सरपंच बहुत होशियार था। इसलिए उसने तुरन्त उत्तर दिया, "पंडित जी, शादी होने के बाद कथा करा दूंगा।"

पंडित जी समझ गए कि सरपंच बहुत चालाक है। अगर उसके लड़के के भाग्य में विवाह हुआ, तो हो जाएगा। यदि ऐसा हुआ, तो मुझे एक यजमान मिल जाएगा। हां, कहने में लाभ ही है। यह सोचते

हुए पंडित ने कहा, "ज़रूर हो जाएगा। उसके बाद ही कथा करवा लेना।"

कुछ दिन बाद एक लड़की वाले की मुलाक़ात कथावाचक से हुई। वह बहुत दुखी था। उसने पंडित से कहा, "पंडित जी, अपनी लड़की के लिए लड़का ढूंढ़ते-ढूंढ़ते मैं हार चुका हूं। अब कैसा भी, कहीं भी लड़का मिलेगा, मैं विवाह कर दूंगा।"

पंडित जी को उस सरपंच के लड़के की याद आ गई, जिसकी शादी नहीं हो पा रही थी। पंडित जी ने उसे उस सरपंच के यहां भेज दिया। संयोग था, उसके लड़के का सम्बन्ध पक्का हो गया। उसके बाद सरपंच ने उसी पंडित को कथा करने के लिए बुलवाया, जिसने लड़की वाले को उसके यहां भेजा था।

पंडित जी ने बड़ी प्रसन्नता के साथ उसके यहां कथा कही। उस कथा में गांव के लोग तथा कुछ रिश्तेदार भी आए थे। वह रिश्तेदार

भी आया था, जिसने पंडित जी की मुलाक़ात सरपंच से करवाई थी। पंडित को यजमानी देते समय कंजूसी करने पर रिश्तेदार ने कह-सुनकर अधिक दिलवाया। सरपंच के पास एक बछिया थी। बछिया कमज़ोर थी और बीमार भी लगती थी। उसने सोचा, यह बछिया पंडित को दान में दे दे। एक तो परेशानी दूर हो जाएगी और लोग समझेंगे कि बछिया यजमानी में दी गई है। जाते समय पंडित को बछिया देते हुए सरपंच ने कहा, "लो पंडित जी, यह बछिया यजमानी में दी है।"

बछिया जैसी भी थी, पंडित को मिल रही थी। उसके लिए कुछ चुकाना तो था नहीं। इसलिए न चाहते हुए भी पंडित जी ने बछिया तो ले ली। सरपंच के पड़ोस के गांव के रिश्तेदार को बुरा लगा। वह बड़ा मुंहफट था। इसलिए उसने तुरन्त कह दिया, "मरी बछिया बामन के सिर।"

कांधे धनुष हाथ में बाना,
कहां चले दिल्ली सुल्ताना

एक धुनिया था। एक बार उस पर फ़ाक़े के दिन आ गए। उसे अपने गांव में रुई की धुनाई का काम कम मिलने लगा। वह आस-पास के गांवों में भी काम तलाशता रहता। एक गांव से आने वाले लोगों ने कहा कि हमारे गांव में धुनाई का काम बहुत है। कुछ दिनों के लिए आ जाओ। अब धुनिया के लिए दो ही रास्ते थे या तो वह रुई की धुनाई का काम छोड़कर कोई दूसरा काम करे या कुछ दिन के लिए पास के गांव में जाकर काम करने लगे।

पास के गांव जाने से वह इसलिए भी कतरा रहा था कि वहां का रास्ता जंगल में होकर जाता था। शेर, चीता, तेंदुआ आदि ख़तरनाक जानवर मिल सकते थे। जान जोखिम में पड़ सकती थी। उसने सोचा, काम न मिलने के कारण यहां भी मर ही रहे हैं। यदि जंगली जानवर के हाथों ही मरना है, तो मर जाएंगे, नहीं तो कमाकर लाएंगे।

एक दिन धुनिया ने उस गांव में जाने की तैयारी कर ली। उसने कमान की तरह लम्बी धुनकी संभाली। उसमें नई तांत की डोरी कसी। तांत में मारने के लिए एक धुनका लिया, और एक लम्बी और पतली बांस की संटी ली। एक थैले में कपड़ा, लोटा जैसी आवश्यक चीज़ें लीं और चल दिया।

धुनिया अपनी धुन में जंगल के रास्ते पर चला जा रहा था। झाड़ियों से जैसे ही कोई पक्षी फुर्र से उड़ता, तो धुनिया के रोंगटे खड़े हो जाते। जब आधे से अधिक जंगल का रास्ता पार कर लिया, तो धुनिया का सामना एक जानवर से हो गया। वह जानवर गीदड़ था। धुनिया को जानवरों की पहचान नहीं थी। इसलिए उसे ख़तरनाक जानवर समझकर डर गया। गीदड़ ने भी धुनिया को समझने में ग़लती की। उसने धुनकी और बांस की संटी को धनुष-बाण समझ लिया। इतना बड़ा धनुष-बाण लिए कोई बड़ा शिकारी ही मालूम पड़ता है। इस प्रकार गीदड़ भी धुनिया को देखकर घबरा गया। दोनों का रास्ता एक था। किसी ने भी भागने की कोशिश नहीं की। दोनों ने सोचा कि यदि भागने की कोशिश की, तो मारे जाएंगे।

जैसे ही दस-बारह क़दम पर आए, तो गीदड़ ने बचने के लिए धुनिया की तारीफ़ कर डाली। गीदड़ ने धुनिया से कहा, "कांधे धनुष हाथ में बाना, कहां चले दिल्ली सुल्ताना।"

इतना सुनते ही धुनिया की जान में जान आई, फिर भी उसे ख़तरा

तो बना ही हुआ था। इसलिए उसने भी गीदड़ की प्रशंसा करते हुए कहा,

"बन के राव विकट के राना।
बड़ेन की बात बड़े ही जाना।"

इसके बाद दोनों का भय समाप्त हो गया और अपने-अपने रास्ते पर आगे बढ़ गए।

काम प्यारा है, चाम प्यारा नहीं

एक परिवार में दो लड़के थे। एक सांवला था और दूसरा गोरा। सांवला लड़का हमेशा ख़ुश रहता था। उससे जो भी काम के लिए कहता, तो वह दौड़कर कर देता। यदि पड़ोसी भी कहता कि बेटा, ज़रा यह चीज़ ला देना, तो वह दौड़कर ले आता। कोई वृद्ध महिला या पुरुष कहता कि बेटा, यह बाल्टी घर पर रख आना, तो वह उसके घर रख आता। सभी उससे प्यार करते। यदि कोई खाने की अच्छी चीज़ बनाता या ख़रीदकर लाता तो उसे थोड़ा ज़रूर देता। घर में वह अपनी मां, ताई, दादी किसी का भी कहा नहीं टालता था। घर-बाहर के सभी कहते कि लड़का बहुत अच्छा है।

दूसरा लड़का अपने रंग पर इतराता था। मोहल्ले का कोई भी उससे काम के लिए कहता, तो वह मना कर देता और कहता, "मैं तुम्हारा नौकर हूं, जो काम करूं?" किसी बूढ़े को भी किसी तरह का सहयोग नहीं देता था। वह अपने घर का काम भी करने से कतराता था। उसकी मां काम के लिए कहती, तो वह सीधे-सीधे मना कर देता और कह देता कि ख़ुद कर लो। घर के अन्य लोगों को भी इसी प्रकार का उत्तर दे देता था। उससे घर का कोई भी ख़ुश नहीं रहता था।

वह लड़का सदैव अपने सांवले चचेरे भाई से जलता था। इस बात से हमेशा दुखी रहता कि मोहल्ले वाले मुझे प्यार क्यों नहीं करते, जब कि मैं उससे अधिक सुन्दर हूं। इसी प्रकार परिवार के लोगों से भी

उखड़ा-उखड़ा रहता और सोचता कि घरवाले भी उसी को अधिक प्यार करते हैं। खाने-पीने की चीज़ें भी वह अधिक पा जाता है। घरवाले कभी उसकी पिटाई नहीं करते। मुझे घर के लोग कभी भी पीट देते हैं।

एक दिन उसने तय किया कि इसका कारण मां से पूछूंगा। मौक़ा पाते ही उसने पूछा, "अम्मा, एक बात बताओ, मैं सुन्दर हूं। काला-कलूटा भी नहीं हूं। किसी को गाली नहीं देता। किसी से लड़ाई-झगड़ा भी नहीं करता, फिर भी मुझे न मोहल्ले वाले प्यार करते हैं और न ही घरवाले।" इस पर मां ने कहा, "क्या कभी तू किसी का काम करता है, जो तुझे कोई प्यार करे? जब भी कोई काम के लिए कहता है, तो तू कहता है कि मैं नहीं करता। अपने-आप कर लो। मैं कोई नौकर थोड़े ही हूं। तेरा कौन नौकर है, जो तुझसे प्यार करेगा?"

मां की बात सुनकर वह बोला, "उस काले-कलूटे को सब प्यार

करते हैं। तू भी उसे प्यार करती है।"

उसकी मां बीच में बात काटकर कहने लगी, "तुझे शर्म नहीं आती उसे काला-कलूटा कहते हुए। ज़रा सोच, उसे सब प्यार क्यों करते हैं? तू अपनी गोरी चमड़ी पर गुमान करता है। इस गोरी चमड़ी का क्या करेगा? इससे काम नहीं होता। तू नहीं समझता, तो सुन ले। 'काम प्यारा है, चाम प्यारा नहीं'।"

यह सुनकर उसका चेहरा शर्म से झुक गया।

सब दुर्बल को ही सताते हैं

पांडव बारह वर्ष का अज्ञातवास बिता रहे थे। जंगल-जंगल छिपकर रह रहे थे। जहां-जहां पहुंचते, वहां-वहां रहने-खाने की नई व्यवस्था बनानी पड़ती। अज्ञातवास के समय ही श्रीकृष्ण जी पांडवों से मिलने गए। पांडव लोग नई जगह पर आए थे। वे खाना बनाने के लिए चूल्हे की जुगाड़ में लगे थे। उस समय पांचों पांडव ब्राह्मणों का भेस बनाए हुए थे। वन से लगे गांवों से भिक्षा में मांगकर लाए गए आटे से अपने भोजन की व्यवस्था करते थे। श्रीकृष्ण भी उनके पास दूसरे भेस में ही पहुंचे थे। उस समय वे वन के पूर्वी किनारे पर थे। वहां से लगभग एक कोस की दूरी पर एक पुराना नगर बसा हुआ था।

चूल्हा बनाने के लिए ईंटों की आवश्यकता थी। युधिष्ठिर ने नकुल और सहदेव से ईंटें लाने के लिए कहा। दोनों ईंटें लेने चल दिए। वे नगर के बाहरी क्षेत्र में घूमते रहे। पक्के मकान बने थे। उनमें से पक्की ईंटें निकालने का साहस नहीं हुआ। अलग से कहीं रखी हुई ईंटें दिखाई नहीं दीं। किसी ग़रीब का टूटा हुआ मकान मिला। सहदेव ने कहा, “भैया, इसी दीवार में से कुछ ईंटें निकाल लेते हैं।”

नकुल ने कहा, “नहीं सहदेव, किसी ग़रीब की हानि नहीं करनी चाहिए। बाद में इसकी दीवार गिर सकती है।”

सहदेव ने कहा, “तो क्या करना चाहिए?”

नकुल ने कहा, “चलो, और घूमते हैं।”

दोनों भाई आगे बढ़ गए। नगर का पूरा चक्कर लगा लिया। ऐसी ईंटें कहीं नहीं मिलीं, जिन्हें उठाया जा सकता था। वे टूटे मकान से ईंटें निकाल नहीं सके। अन्त में वे ख़ाली हाथ वापस लौट आए। जब दोनों को ख़ाली हाथ देखा, तो सब लोग अचरज में पड़ गए। उन्होंने युधिष्ठिर से कहा कि हमें ईंटें नहीं मिलीं। तब श्रीकृष्ण ने कहा कि ईंटें मैं लाता हूं। श्रीकृष्ण ने भीम को साथ लिया और चल दिए।

श्रीकृष्ण और भीम भी उसी नगर का पूरा चक्कर लगा आए। अन्त में वे उसी ग़रीब के टूटे हुए मकान के पास पहुंचे। श्रीकृष्ण ने कहा इसी टूटी दीवार में से ईंटें निकाल लेते हैं।

एक बार भीम ने श्रीकृष्ण को देखा और कहा, "प्रभु, ग़रीब को और क्यों परेशान करते हो?" श्रीकृष्ण ने कहा, "किसी के अच्छे मकान से ईंटें कैसे निकालेंगे? लोग कहेंगे कि ये चोर दिन-दहाड़े सेंध लगा रहे हैं। वह लड़ मरेगा।" फिर भीम ने उसी दीवार से आठ-दस ईंटें निकाल लीं। दोनों ईंटें लेकर चल दिए।

जब ईंटें लेकर पहुंचे तो नकुल और सहदेव को आश्चर्य हुआ। सहदेव ने पूछ लिया, "भैया, ईंटें कहां से लाए हो?"

भीम जब तक सोचते कि क्या उत्तर दूं, उसके पहले ही श्रीकृष्ण ने उत्तर देते हुए कहा, "वहां एक टूटी दीवार थी। उसी में से निकाल लाए हैं।"

नकुल और सहदेव दोनों युधिष्ठिर की ओर देखने लगे। नकुल ने कहा, "आप भी उस ग़रीब के बिगड़े को और बिगाड़कर आए हैं।" युधिष्ठिर ने मुस्कुराते हुए कहा, "सब दुर्बल को ही सताते हैं।"

यह बात सुनकर श्रीकृष्ण मुस्कुरा दिए।

पढ़े फ़ारसी बेचे तेल, यह देखो क़िस्मत के खेल

एक नगर में एक तेली था। वह तेल का अपना पुश्तैनी धन्धा करता था। उसकी नगर के कुछ ख़ास लोगों से जान-पहचान थी। तेली के एक लड़का था। उसकी इच्छा थी कि लड़का पढ़-लिखकर अच्छा इंसान बने। कुछ ख़ास लोगों ने लड़के को फ़ारसी शिक्षा दिलाने की राय दी। उसने धीरे-धीरे ख़ास लोगों से अपने लड़के को मिलाया। लड़का होशियार था। साथियों ने लड़के की पढ़ाई के लिए एक मौलवी से मुलाक़ात करवाई। मौलवी लड़के को पढ़ाने लगा। कुछ सालों में लड़का फ़ारसी भाषा का अच्छा जानकार बन गया।

तेली का लड़का चालाक क़िस्म का था। वह एक फ़ारस के व्यापारी के साथ रहने लगा और उसके व्यापार में हाथ बंटाने लगा। कुछ दिनों बाद तेली ने लड़के के साथ मिलकर नया रोज़गार शुरू किया।

धन्धा अच्छा चला, तो तेली का रहन-सहन बदल गया। कमाई से अच्छा मकान बनवा लिया। मोहल्ले के लोग उसे सेठ कहने लगे। एक समय ऐसा आया कि जब तेली को उस धन्धे में बहुत बड़ा घाटा हो गया। मकान तक रहने के लिए न रहा, वह फिर पहले जैसे मामूली मकान में रहने लगा। उसके पास इतना भी पैसा नहीं बचा था कि अपना पुराना धन्धा पहले की तरह शुरू कर लेता। फ़ारसी पढ़ा होने पर भी उसके लड़के को किसी राज-दरबार में नौकरी नहीं मिल सकी।

वह बचपन में अपने पिता के साथ तेल के काम में सहयोग करता था। उसे तेल के धन्धे की पूरी जानकारी थी। इसलिए लड़के ने अपना पुराना काम करना ही तय किया, क्योंकि उसके बाल-बच्चे भी थे। पूरे परिवार का बोझ उसी पर आ पड़ा था। नहीं करता तो भूखे मरने की नौबत आ जाती।

सबसे पहले वह अपने घर के बाहर ही एक तेल हंडा रखकर बैठ गया। कई दिन तक एक ग्राहक भी नहीं आया। पास के लोग आए नहीं और दूरदराज़ के लोगों को जानकारी नहीं थी कि उसने दोबारा तेल बेचना शुरू कर दिया है। अन्त में उसने गलियों में फेरी लगाकर तेल बेचने की योजना बनाई।

एक दिन उसने कुप्पी में तेल भरा और उसमें परी लटकाकर घर से निकल गया। उसने तेल बेचने के लिए आवाज़ लगानी शुरू कर दी। इस प्रकार उसकी दाल-रोटी का ख़र्चा आने लगा। उसे तेल बेचते देखकर लोग आपस में तरह-तरह की बातें करते। कोई कहता कि देखो यह कल क्या था और आज क्या हो गया? मोहल्ले में इसका इस वजह से सम्मान था कि वह राज-दरबार की कामकाजी फ़ारसी भाषा का जानकार था। लोग जब उसे तेल बेचने के लिए फेरी लगाते देखते, तो आपस में बातें करते। कोई कहता, "यह है – 'पढ़े फ़ारसी बेचे तेल, यह देखो क़िस्मत के खेल।"

तेली का तेल जले, मशालची का प्राण जले

एक बारात जा रही थी। बारात जाने का रास्ता खेतों और गांवों से होकर गुज़रता था। बारात में बैलगाड़ियां, घोड़े और शेष बाराती पैदल चल रहे थे। चूंकि बारात दोपहर को चली थी। रास्ता पैदल का था। इसलिए दिन रास्ते में ही डूब गया। मशालची बारात के साथ ही था। मशाल जला दी गई थी और मशालची रास्ता दिखाते हुए चल रहा था। रास्ता दिखाने के लिए वह कभी आगे आता था, कभी बीच में। मशाल ऊंची करने के लिए उसे अपना हाथ ऊपर उठाना पड़ता। जब मशालची की बांह थक जाती, तो वह मशाल को दूसरे हाथ में ले लेता था।

बारात में तेली भी लाया गया था। उसके पास तेल रहता था। दूल्हे के बाप का तेली से कहना था कि मशाल की रोशनी धीमी होने लगे, तो उसमें तेल डाल दो। इस तरह जब भी मशाल का तेल समाप्त होने को होता, तेली उसमें तेल डाल देता।

रात के क़रीब नौ बजे बारात पहुंची। चूंकि बारात देरी से पहुंची थी, इसलिए लड़की वाले तुरन्त आ गए। उन्होंने कहा कि आप लोगों ने पहले से ही बहुत देर कर दी है, इसलिए बारात तुरन्त ले चलो। फिर क्या था? जनवासे में बारातियों ने अपना सामान रखा, कपड़े बदले और चल दी बारात। जब बारात चली, तो फिर चल दिया मशालची बारात के साथ। थका हुआ तो वह पहले ही था। वह सोचता जा रहा था कि

बारात जल्दी लड़की वाले के दरवाज़े पर पहुंचे। या तेल समाप्त हो जाए, तो मशाल बुझ जाएगी, फिर हाथ ऊपर नहीं उठाने पड़ेंगे। वह बहुत थक गया था। जितनी मज़दूरी मिलती, उससे अधिक मेहनत कर चुका था। जब मशाल बुझने को होती, तो तेली आकर मशाल में तेल डाल देता। मशालची जल-भुनकर रह जाता। मन-ही-मन वह बड़बड़ाने लगता, 'अगर बीमार हो गया, तो न कोई खाने को पैसे देगा, और न दवा ही दिलवाएगा। ख़ुद ही मरना-खपना पड़ेगा।'

तेली की भी मजबूरी थी। उसे इसी काम की मज़दूरी मिलेगी। जब तक बारात वाले को मशाल की रोशनी की ज़रूरत होगी, तब तक मशाल में तेल डालते रहना पड़ेगा। मशाल पकड़ने वाला एक और होता, तो मशालची को थोड़ी राहत मिलती रहती। उसमें अब फुर्ती नहीं रही थी। बाराती भी उसको छेड़ते चल रहे थे। वह बड़बड़ाता चल रहा था। एक बाराती ने ज़ोर से कह दिया, "तेल तो तेली का ख़र्च हो रहा है, इसका

क्या जाता है।"

दूसरा बाराती बोला, "भई, मशाल को ऊपर उठाते-उठाते हाथ तो थकते ही हैं। मशाल की बदली करने के लिए दूसरा आदमी और होना चाहिए था।"

बारातियों के बीच से एक ने कहा, "सब लोग बेकार की बातें कर रहे हैं। असली बात यह है कि 'तेली का तेल जले, मशालची का प्राण जले'।"

उस बाराती की बात सुनकर मशालची तड़पकर रह गया और बाराती हंसने लगे।

दो गधों का बोझ

जहांगीर युवा होता जा रहा था। राज के काम-काज और युद्ध-कला सीखने में जहांगीर का मन नहीं लगता था। अकबर चाहता था कि जहांगीर सब बातों में तेज़ हो जाए। इसीलिए बादशाह जहांगीर को अधिकतर अपने साथ रखने लगे थे। वह बादशाह के साथ दरबार में तो रहने ही लगा था, यात्रा और शिकार के समय भी साथ जाने लगा, लेकिन सलाह-मशविरा में जहांगीर को अभी साथ नहीं रखा जाता था। अकबर अधिकतर सलाह-मशविरा बीरबल के साथ ही करते थे।

एक दिन बादशाह अकबर बीरबल के साथ एक यात्रा पर निकले। रात होने पर बीच में ही पड़ाव डाला गया। अकबर की सदा सुबह-सुबह टहलने की आदत थी। सुबह होते ही बादशाह बीरबल के साथ टहलने निकले। उस दिन साथ में जहांगीर भी था। मौसम ठंडा था और वहां देखने के लिए बड़े ख़ूबसूरत दृश्य भी थे। पहाड़-हरियाली देखते हुए वे ऊंची-नीची राहों पर चलने लगे।

सूरज ऊपर चढ़ा, तो सर्दी का असर कम हुआ। पैदल चल रहे थे, इसलिए बादशाह अकबर को गर्मी लगने लगी। भारी-भरकम लिबास पहने रहना अकबर के लिए मुश्किल हो गया था। अन्त में उससे रहा न गया और लिबास उतार दिया। बराबर में बीरबल बातें करते चल रहे थे। अकबर ने एक बार बीरबल को देखा और लिबास उनके हाथों में थमा दिया। बीरबल ने चुपचाप लिया और अपने कन्धे पर रख लिया।

थोड़ी देर बाद जहांगीर को भी गर्मी लगी। उसने भी अपना लिबास उतारा और बीरबल को पकड़ा दिया। बीरबल बेचारे कुछ कह नहीं सके और उस लिबास को भी कन्धे पर रख लिया।

थोड़ी देर में ही बीरबल परेशान हो गए। उन्हें भी गर्मी लग रही थी। वह भी अपना लिबास उतारकर ठंडी हवा चाहते थे, लेकिन यह सम्भव नहीं था। एक तो पहने हुए लिबास की गर्मी थी, दूसरे दो लिबास लादे होने के कारण और अधिक गर्मी लग रही थी। बीरबल चलते-चलते लिबासों को इधर-उधर करते जा रहे थे और अकबर के साथ चलने से पिछड़ते जा रहे थे। अकबर बादशाह ने बीरबल की परेशानी को समझ तो लिया, लेकिन पहले चुप ही रहे, फिर जब नहीं रहा गया, तो पूछ लिया, "बीरबल, एक गधे का बोझ तो हो गया होगा?"

अकबर की बात में मज़ाक़ का पुट था। बीरबल तो वैसे ही गर्मी से परेशान थे। ऊपर से दो लिबासों का बोझ। उस पर अकबर का चुटकी

लेते हुए पूछना। बीरबल से रहा न गया। उन्होंने तुरन्त उत्तर दिया, "जहांपनाह, एक गधे का नहीं, 'दो गधों का बोझ है'।"

अकबर बादशाह बीरबल का उत्तर सुनकर तिलमिला गए। मन-ही-मन सोचने लगे, बीरबल ठीक ही तो कह रहे हैं कि एक गधे का नहीं, 'दो गधों का बोझ है'।

इस तरह बीरबल ने दोनों बाप-बेटों को गधा बना दिया।

काटो मत, फुंकारो ज़रूर

एक गांव से होकर चौड़ा रास्ता जाता था। उस रास्ते पर बाएं किनारे पर नागफनी के झुरमुट खड़े थे। झुरमुटों के बीच एक बांबी थी, जिसमें काला नाग रहता था। उस नाग का आस-पास के गांवों में आतंक था। अब तक उसने कई लोगों को डसकर मार दिया था। धीरे-धीरे आस-पास के गांवों के लोगों ने उस रास्ते से आना-जाना बन्द कर दिया था। आने-जाने के लिए लोगों ने खेतों की पगडंडियों को अपना लिया था। अब उस रास्ते पर सन्नाटा छाया रहता था। अगर दूसरे गांव का अनजान आदमी उधर जाता हुआ दिखाई देता, तो लोग उसे रोककर पगडंडी का रास्ता बता देते थे।

नाग को रास्ते पर सन्नाटा दिखाई देने लगा, तो वह अपने भोजन की खोज में सारे रास्ते पर घूमने लगा। कभी वह छोटी चिड़ियों का शिकार करता, तो कभी आस-पास के गांवों से आए चूहों का शिकार करता। ख़ाली समय में नाग अपनी बांबी के बाहर लेटा रहता। सर्दियों में बहुत कम निकलता। तेज़ सर्दी में तो वह ज़्यादातर बांबी में ही बना रहता। सबसे अधिक वह गर्मियों में बांबी से बाहर रहता। वर्षा के दिनों में भी अपने भोजन की तलाश में निकला करता।

एक दिन एक साधु गांव से होते हुए उसी रास्ते पर जा पहुंचा। गांव के बाहर बैठे लोगों ने उसे नाग के बारे में बताया और उस रास्ते से जाने के लिए मना किया। लोगों की बातें सुनकर उसने कहा, "कर

बुरा, तो हो बुरा। मैंने तो उसका कोई अहित नहीं किया।" इतना कहकर वह साधु उसी रास्ते पर आगे बढ़ गया।

कुछ लोग थोड़ा फ़ासला बनाकर साधु के पीछे चल दिए। यह सोचते जाते कि देखते हैं क्या होता है? सावधान की मुद्रा में गांव के लोग चले जा रहे थे। साधु के पीछे-पीछे। नाग नागफनी के झुरमुट के पास बैठा हुआ था। साधु के पास आते ही नाग फन उठाकर दौड़ा। साधु से थोड़ी दूरी पर आकर रुक गया और फन नीचे कर लिया। साधु के पीछे आ रहे लोग हक्के-बक्के से सावधानी के साथ खड़े रह गए। वे साधु और नाग को देखते रहे। साधु ने नाग से कहा, "नाग देवता, लोगों को आप नाहक क्यों मार रहे हैं? पिछले जन्म में किए गए पापों के कारण नाग बनकर फल भोग रहे हैं। इस जन्म में यदि आप लोगों और जीवों को इसी तरह मारते रहे, तो अगला जन्म इससे भी बुरा मिलेगा। यदि अच्छे कर्म करते रहोगे, तो आपको मनुष्य की योनि मिल सकेगी।"

नाग बोला, "महाराज, आप ठीक कह रहे हैं, लेकिन मैं अपने बचाव के लिए काटता हूं। अपना बचाव करना मेरा धर्म है। यदि इसे आप पाप मानते हैं, तो नहीं काटूंगा।"

नाग की बात सुनकर साधु ने कहा, "नाग अन्य योनियों से श्रेष्ठ है। इसीलिए लोग उसे नाग देवता कहते हैं। यदि आपको कोई परेशान करता है, तो पहले आप उसे डराओ। किसी को काटना तब ही उचित है, जब बचाव का कोई उपाय न रह गया हो।"

नाग ने कहा, "आज से मैं किसी को नहीं काटूंगा। अनजाने में जो मुझसे हो गया, उसे आप क्षमा कर दें।"

नाग की बात सुनकर साधु ने कहा, "जो हो गया, उसे तो ईश्वर माफ़ करेगा। अब आगे का जीवन संभालो।"

इतना कहकर साधु आगे बढ़ गया। नाग नागफनी के झुरमुटे में चला गया और वहीं से साधु को जाते देखता रहा।

दूर खड़े गांव वालों ने यह सब देखा तो आश्चर्य में पड़ गए और वापस लौट आए। उन्होंने गांव में जाकर सबको आंखों देखा हाल सुनाया, फिर भी लोग उधर से गुज़रने की हिम्मत नहीं जुटा पाते थे।

कई दिनों बाद लोग उधर से निकले, लेकिन सुरक्षा के लिए लाठियां लेकर गए। ग्रामीण लोगों ने सोचा था कि यदि नाग फन उठाकर दौड़ा तो लाठियों का उपयोग करेंगे। वे चारों ओर देखते जा रहे थे। नाग ने उन्हें आते देखा, तो वह रास्ते से झुरमुटों की ओर रेंगने लगा। उन लोगों ने भी देख लिया था कि नाग बांबी की ओर चल दिया है। वे निकल गए और थोड़ी देर बाद उसी रास्ते से वापस आ गए। धीरे-धीरे लोगों का आना-जाना पहले जैसा हो गया। अब लोगों को नाग नागफनी के पास बैठा कभी-कभी दिखाई देता।

गांवों के शरारती बालक आदत से बाज नहीं आए। आते-जाते समय जब भी नाग दिखाई देता, तो वे पत्थर और मिट्टी के ढेले मारते।

जब बालक ऐसा करते, तो नाग बांबी में चला जाता, फिर भी भागते-भागते एकाध पत्थर उसे लग जाता। कभी-कभी बड़े भी नाग की ओर पत्थर फेंक देते। नाग मार खाता रहता, ज़ख़्मी होता रहता, लेकिन किसी को काटता नहीं था।

एक दिन दोपहर का समय था। नाग बांबी के बाहर लेटा आराम कर रहा था। उसे वही साधु आता हुआ दिखाई दिया। जैसे ही साधु नागफनी के झुरमुटों के पास आया, नाग उसके सामने जा पहुंचा। साधु रुक गया और खड़े होकर नाग को देखा। नाग दुबला हो गया था और उसके शरीर पर चोटों के कई निशान थे। साधु ने कहा, "नाग देवता, शरीर की यह दशा कैसे हो गई?"

उत्तर देते हुए नाग ने कहा, "महाराज, आपकी आज्ञा का फल है यह। गांव के लोगों ने पत्थर और ढेले मार-मारकर मेरे शरीर को घायल कर दिया है। आपने कहा था कि किसी को काटना मत। इसलिए मैं पिटता ही रहा?"

नाग की इस दशा को देखकर साधु दुखी हुआ। थोड़ी-सी नाग की मूर्खता ने उसे इस स्थिति में पहुंचा दिया। साधु हंसा और बोला, "नाग देवता, यह ठीक है कि मैंने कहा था किसी को काटना मत, लेकिन लोगों को डराया तो जा सकता था। ऐसे तो जीना ही मुश्किल हो जाएगा।"

नाग ने साधु से पूछा, "महाराज, अब मैं क्या करूं? आप ठीक ही कह रहे हैं। ऐसे तो मैं मर ही जाऊंगा।"

साधु ने नाग से कहा, "जो हो गया, उसे भूल जाओ। अब 'काटो मत, फुंकारो ज़रूर'। लोग डरकर पत्थर-ढेले मारना छोड़ देंगे।"

साधु ने इतना कहा और आगे बढ़ गया और सचमुच साधु की हिदायत पर चलकर कुछ समय बाद नाग निश्चिन्त होकर रहने लगा।

हवाई क़िला

बादशाह अकबर बड़े विनोद प्रिय थे। वह कभी बीरबल के साथ और कभी अपने ख़ास लोगों के साथ हंसी-मज़ाक़ कर लिया करते थे। कभी-कभी ऐसा भी होता था कि लोगों की बुद्धि-परीक्षा के लिए तरह-तरह के प्रश्न कर लिया करते थे।

एक बार ऐसा ही अवसर था। बादशाह अकबर बीरबल और दूसरे ख़ास लोगों के साथ बैठे हुए थे। वातावरण हंसी-मज़ाक़ का चल रहा था। सब लोग फ़तेहपुर सीकरी की तारीफ़ कर रहे थे। एक ने हल्की-सी चुटकी लेते हुए कहा, "यह तो सभी कह रहे हैं कि फ़तेहपुर सीकरी का क़िला अच्छा बना हुआ है, लेकिन राजस्थान में ऐसे-ऐसे महल हैं, जो अपनी बनावट और सुन्दरता के लिए प्रसिद्ध हैं। जहांपनाह, एक ऐसा क़िला हो, क़िले के अन्दर ऐसा महल हो जिसकी तुलना हिन्दुस्तान में तो क्या, दुनिया में भी न हो। ऐसा हो कि उसे देखकर लगे कि यह तो परीलोक है। महल के ऊपर-नीचे बादल चलते दिखाई दें।"

यह सुनकर बादशाह अकबर बोले, "कहानी-क़िस्सों की बातें कैसे साकार हो सकती हैं? क़िस्सों में सुना करते थे। आकाश में उड़ने वाले महल। उड़नखटोले भी सुना करते थे क़िस्सों में। ऐसा देखा तो नहीं गया। इन सबको ख़्वाब ही कह सकते हैं।"

एक दूसरे व्यक्ति ने कहा, "जहांपनाह, जब लिखा है, तो रहा होगा। अब तो और तरक़्क़ी होनी चाहिए। महल हवा में बनाया जा

सकता है।"

बादशाह अकबर ने भी कहा, "यदि सम्भव है, तो बनाओ योजना।" यह सुनकर वह चुप हो गया। वही बात हो गई कि बोले, सो कुंडी खोले। बादशाह अकबर ने फिर कहा, "चुप क्यों हो गए, रास्ता निकालो कोई।"

सब जानते थे कि कोई उलझी हुई समस्या होती, तो उसका समाधान बीरबल के पास होता था। आज वह चुप्पी साधे सबकी बातें सुनते जा रहे थे। कुछ पल के लिए चुप्पी छाई रही। चुप्पी को तोड़ते हुए एक ने कहा, "जहांपनाह, हम सब इस पर विचार करेंगे। यदि समझ में नहीं आएगा, तो इसका कोई रास्ता बीरबल अवश्य निकालेंगे।" सबकी निगाहें बीरबल के ऊपर टिक गईं।

बादशाह अकबर जानते थे कि यह कार्य सम्भव नहीं है, फिर भी उन्होंने बीरबल की बुद्धि की परीक्षा लेनी चाही। अभी तक तो बीरबल का उत्तर हां में मिलता रहा है। देखते हैं इसका क्या उत्तर मिलता है? बादशाह ने बीरबल की तरफ़ देखा और कहा, "बीरबल, आपके क्या विचार हैं?"

बीरबल ने सोचा कि आज बादशाह अकबर परी महल जैसे क़िस्सों पर भी राय ले रहे हैं, जब कि वह जानते हैं कि यह सब कल्पना है। बीरबल ने दूसरे ही क्षण सोचा कि अभी हां कह देते हैं, बाक़ी बाद में सोचेंगे। यह सोचते हुए बीरबल ने कहा, "जहांपनाह, बन जाएगा। कोई बड़ी बात नहीं।"

बीरबल ने भी इस काम को बहुत छोटा काम समझकर उत्तर दिया था। उत्तर सुनकर बादशाह अकबर ने मज़ाक़ में पूछा, "कब इसकी शुरुआत कर रहे हो? जितना जल्दी हो सके, बनवाओ।"

बीरबल ने कहा, "इस योजना के मुहूर्त के बारे में आपको कल बता दूंगा।"

दूसरे दिन बीरबल ने कहा, "इस योजना के तहत आरम्भ में क़रीब 3,000 टके की व्यवस्था करनी पड़ेगी। राज-मज़दूरों को पेशगी देनी पड़ेगी। ऐसे लोगों की खोज करनी पड़ेगी, जो अच्छे कारीगर हों। इनको ख़ास प्रशिक्षण दिलाना पड़ेगा।"

बादशाह अकबर ने अपने ख़ज़ाने के ख़ज़ांची से 5,000 टके देने के लिए कहा। थोड़ी देर बार ख़ज़ांची ने बीरबल को 5,000 टके दे दिए। टके लेते समय बीरबल ने कहा, "जहांपनाह, कुछ दिन लगातार मैं नहीं आऊंगा। कारीगरों के प्रशिक्षण के बाद ही क़िले के बनने का काम शुरू हो जाएगा। इस बीच में कभी सुबह, कभी शाम को देर से आया करूंगा।" बादशाह अकबर ने इस बात की छूट दे दी।

अब तो बीरबल अकसर दरबार में देर से आते। कभी बिल्कुल शाम हो जाती और कभी नाग़ा भी हो जाती थी। ऐसा होते बहुत दिन बीत गए। एक दिन बादशाह अकबर ने बीरबल से पूछ लिया कि काम में कितनी प्रगति हुई?

बीरबल ने उत्तर देते हुए कहा, "जहांपनाह, ऐसे बताने से क्या पता चलेगा? आप चलकर देख लीजिए।"

बादशाह अकबर ने सोचा, चलो देखते हैं, क्या कमाल किया है बीरबल ने। यह सोचते हुए बादशाह अकबर ने कहा, "कल सुबह चलते हैं।"

बादशाह अकबर कुछ ख़ास दरबारियों के साथ उस मैदान में जा पहुंचे, जहां हवामहल बनाने का चुनाव किया गया था। उस मैदान में कोई नहीं था। न हवाई क़िला बनाने का कोई सामान ही दिख रहा था। सब लोग चकित थे। बीरबल ने बादशाह अकबर से कहा, "ऊपर देखिए जहांपनाह, आकाश में क़िला बनाने का काम चल रहा है।"

सब लोग ऊपर देखने लगे। किसी को भी कुछ समझ नहीं आया। बहुत ऊंचाई पर छितरा-सा बादल दिखाई दे रहा था। आवाज़ भी ऊपर से आ रही थी, जो कुछ समझ में आ रही थी, और कुछ नहीं आ रही थी।

बादशाह अकबर ने पूछा कि ये आवाज़ें कैसी आ रही हैं? बीरबल ने तुरन्त बताया, "जहांपनाह, राज लोग सामान मांग रहे हैं। कह रहे हैं, ईंट लाओ, चूना लाओ, सुर्ख़ी लाओ, पानी लाओ।"

इतना सुनते ही बादशाह अकबर को बीरबल की करामात समझ में आ गई। बीरबल ने तमाम तोतों को बहेलियों से पकड़वाकर मंगवा लिया था और पंक्षियों को बोलियां सिखाने वालों से तोतों को आदमी की तरह बोलने की तालीम दिलवा दी थी। तोते रटे रटाए वाक्य ही बोल रहे थे।

बीरबल बोले, "देखिए हुज़ूर, कारीगर तो तैयार हो गए हैं। उन्होंने ऊपर देख-भालकर नाप-तौल कर ली है। वे अब मज़दूरों से ईंट-गारा मांग रहे हैं। अब हुज़ूर, बात रही मज़दूरों की। मज़दूरों को भी ढूंढ़कर प्रशिक्षण देना पड़ेगा, फिर तो ईंट और चिनाई का मसाला लाकर निर्माण कार्य शुरू करवाना है। जहांपनाह, लिया हुआ धन तो कारीगरों के प्रशिक्षण और खोज में समाप्त हो गया। अब तो पहले से कहीं अधिक धन की ज़रूरत पड़ेगी। ऐसे अनोखे कार्यों के पूरा होने में कितना समय

लग जाएगा, अभी बताया नहीं जा सकता।"

बीरबल थोड़ा रुककर फिर बोले, "दूसरी बात यह है कि जितने कारीगर तैयार किए गए हैं, उनको उस समय तक बिना काम किए दिहाड़ी देते रहना पड़ेगा, जब तक मज़दूर प्रशिक्षित नहीं हो जाते। यदि वे चले गए, तो दोबारा कारीगरों को खोजकर तैयार करना बहुत ही मुश्किल हो जाएगा।"

बीरबल के भोले और चिन्ता से भरे चेहरे को देखकर बादशाह अकबर को हंसी आ गई। साथ आए दरबारियों की ओर देखकर कहा, "देख लिया, यह ऐसा-वैसा काम नहीं है, 'हवाई क़िला' है।"

सब लोग ठहाका मारकर हंस पड़े।

नाऊ की बारात में सब ठाकुर ही ठाकुर

एक गांव में एक नाई रहता था। वह एक पेटी रखता था। उस पेटी में सिर के बाल काटने वाली एक मशीन, कैंचियां, उस्तरे, पानी के लिए एक कटोरी, साबुन वाला ब्रुश, फिटकरी का एक ढेला, एक बड़ा अंगोछा और नाखून काटने के लिए एक नहरनी होती। एक पत्थर का टुकड़ा भी होता था, जिस पर थोड़ा पानी डालकर उस्तरे पर धार करते थे। उस पेटी में आम की गुठली का एक घोटा भी होता था, जिससे सिर के बाल उस्तरा से बनाने के बाद सिर का मैल निकालने में काम लिया जाता था। पेटी उसकी चलती-फिरती दुकान थी। वह गांव में घूम-घूमकर लोगों के बाल और दाढ़ी बनाता। कोई अपना बच्चा भेजकर बाल कटवाने के लिए अपने यहां भी बुलवा लेता था।

गांव में किसी के यहां शादी पक्की होती या विवाह होता, तो उसे यजमानी का काम मिल जाता। किसी के लगन की या पीली चिट्ठी भेजी जाती, तो उसे नाई लेकर जाता। इतना ही नहीं लड़का या लड़की देखने के लिए नाई को भेजा जाता था। इन सामाजिक कार्यों में वह समय-समय पर घर-घर बुलावा देता। वह विवाहों में घर के नेग तो करता ही था, बारात में भी जाता था और वहां के कई काम करता था। ठाकुरों की बारातों में उसे विशेष रूप से ले जाया जाता था। वह घर से लेकर बारात यात्रा और वहां जनवासे तक में ठाकुरों की सेवा करता था। उनको हुक़्क़ा भर-भरकर देता, पानी पिलाता और समय-समय पर वहां भी नेगों

का काम करता था।

एक बार नाई के लड़के का विवाह आया। उसका अपनी बिरादरी और गांवों के लोगों से अच्छा व्यवहार था। इसलिए लड़के के विवाह की बात सुनकर सबको ख़ुशी हुई। उसने लोगों से एक बार बारात में चलने के लिए कहा तो सब ख़ुशी-ख़ुशी तैयार हो गए। जब बारात गई, तो उसमें अपनी बिरादरी के अलावा गांव के कुछ ख़ास आदमी भी थे।

बारात लड़की वालों के यहां पहुंची, तो उनकी ओर से ठहरने को जनवासा दिया गया। जनवासे में लड़की वालों के यहां से हुक़्क़ा-पानी आदि की व्यवस्था की गई थी। बारात में कुछ ऐसे लोग आए थे, जो हुक़्क़ा पीने के आदी थे। वे बिना हुक़्क़ा पिए रह ही नहीं सकते थे। एक बाराती ने नाई से हुक़्क़े के लिए कहा, तो नाई ने एक आदमी से हुक़्क़ा भरकर लाने के लिए कह दिया, फिर नाई किसी काम में उलझ गया। जिससे हुक़्क़ा लाने के लिए कहा था, वह न जाने कहां चला गया। उस बारात में एक ठाकुर भी थे। ठाकुर ने भी बारातियों से कहा कि हुक़्क़ा भरकर लाओ, लेकिन किसी ने नहीं सुना। ठाकुर बड़ा हैरान था

कि कोई हुक़्क़ा भरकर नहीं दे रहा है। ठाकुरों की बारात में सब ठाकुर होते थे। हर ठाकुर अपने को किसी बड़े ज़मींदार से कम नहीं समझता था। इसलिए कोई भी ठाकुर किसी के लिए हुक़्क़ा भरकर नहीं लाता था। ठाकुरों में हुक़्क़ा भरने का काम ठाकुर का नौकर करता था, फिर बारात में तो दूसरे के लिए हुक़्क़ा भरने की कोई बात ही नहीं उठ सकती थी।

यहां बारात में सारे नाई आए थे। ठाकुर का कोई नौकर तो था नहीं, जो हुक़्क़ा भरकर देता। सभी नाई जानते थे कि बारात में हुक़्क़ा भरने का मतलब लड़के वाले की यजमानी और नौकर का काम करना हुआ।

ठाकुर की बात जब नहीं सुनी गई, तो उसने लड़के वाले से कहा, “भाई क्या बात है? कोई हुक़्क़ा भरकर नहीं दे रहा है।”

लड़के वाले ने भी दो-एक से कहा। वे भी हां कहकर कहीं चले गए। जिससे कहा जाता, वही कुनमुनाकर रह जाता। एक तो बुरा ही मान गया। कहने लगा, “हम बाराती हैं। हुक़्क़ा भरने के लिए यजमानी करने नहीं आए हैं।”

यह बात सुनकर ठाकुर की कुछ समय में आई। उससे लड़के वाला बोला, “नाऊ की बारात में सब ठाकुर ही ठाकुर हैं। हुक़्क़ा कौन भरे?”

खाट साथ जाती है

एक चौबे परिवार था। उसमें नई-नई बहू आई थी। थोड़े दिन तो घर में सब-कुछ ठीक रहा। इसके बाद सास-बहू में अनबन रहने लगी। दोनों ही अपने-अपने मायके की बड़ाई किया करती थीं। छोटी-छोटी बातों को लेकर आपस में एक-दूसरे पर ताने कसा करतीं। जब किसी दिन अधिक कहा-सुनी हो जाती, तो उस दिन घर का खाना भी बेमज़ा हो जाता।

सास हमेशा अपनी बात बढ़ा-चढ़ाकर रखती और उसे मनवाने की कोशिश करती। एक दिन आंगन में बैठी-बैठी सास बोल पड़ी, "अरे, मेरा मायका बहुत अच्छा था। बारातें मेरे यहां चार-चार दिन रुका करती थीं। सारे गांव को चूल्हा-नोत दावत दी जाती थी। आज भी पंचमेल मिठाइयां बनती हैं। बहुत सारा सामान दिया जाता है लड़की को। तू क्या लेकर आई है?"

सास की बात सुनकर बहू बोली, "अरी जाओ अम्मा, आप भी क्या बातें सुनाती हैं? मेरे मायके के बारे में आप क्या जानो? मेरी बुआ की बारात में चार हाथी आए थे। दस गांव के लोग खाने को आए थे। बारह मेल की मिठाइयां बनी थीं। इतना ही नहीं। जो भी गांव के रास्ते से आता-जाता था, किसी को भी बिना खाना खाए नहीं जाने दिया जाता था।"

सास अपनी बात को कमज़ोर होते देखकर तुनक उठी। कहने लगी,

"बस-बस, चुप रह। अपने मायके की बढ़ाई मत कर। क्या ग़रीब-गुरबा भी ढंग से रहते हैं। न खाने का तरीक़ा और न सफ़ाई का ध्यान। तेरी जैसे फूहड़ नहीं है कोई मेरे मायके में। हमारी अम्मा इतनी सफ़ाई का ध्यान रखती थीं कि किसी को बिना स्नान किए रसोई में नहीं घुसने देती थीं। बिल्कुल पाक-साफ़ रहती थीं।"

बहू भी कम नहीं थी, बोली, "अरे, रहने दो। मेरे माता-पिता इतने पवित्र रहते थे कि किसी के भी हाथ का बनाया भोजन नहीं करते थे। दो भाभियां हैं, किसी के हाथ का बना भोजन नहीं खातीं। उनका रसोई-घर अलग है। पिता जी कहते हैं कि जिस ख़ानदान से बहुएं आई हैं, उनसे हम बड़े हैं। अधिक पवित्र और साफ़ रहते हैं। रही खाने की बात, तो मेरे यहां मर्दों की बहुत अच्छी .ख़ुराक है।"

बीच में ही बात काटकर सास कहने लगी, "रहने दे, रहने दे। क्यों गप्पे मार रही है? मेरे यहां के लोगों की .ख़ुराक ज़्यादा अच्छी है। एक-एक मर्द पांच सेर आटे की पूरियां खाने वाला है। तेरे ससुर की भी कोई कम .ख़ुराक है क्या? अभी तुम नई-नई आई हो। यहां के बारे में कुछ

नहीं जानती हो।"

बहू कहने लगी, "अरी अम्मा, मेरे यहां तो एक-एक चौबे परिवार ऐसा है, जो मन के पांच कहलाते हैं। समझो, एक मन आटे की पूरियां पांच जने खा जाते हैं।"

कुछ दिन बाद पास के गांव से एक बुलावा आया। बुलावे में बहू का ससुर गया। सांझ होने को आई, तो सास ने बहू से कहा, "दलान में खाट बिछाकर बिस्तर लगा दे।"

बहू और उसका पति पास के कमरे में सोते थे। उसकी सास की अलग कोठरी थी। ससुर दावत खाने गया था। उसकी कुछ समझ में नहीं आया। उसने अपनी सास से पूछा, "ससुर जी तो नोता खाने गए हैं। यह खाट किसके लिए बिछा दूं।"

उसकी सास ने कहा, "तेरे ससुर इतना खाकर आते हैं कि उन्हें तुरन्त बिछी खाट मिलनी चाहिए। उनमें इतनी तसल्ली नहीं रहती कि खाट बिछने तक खड़े रहें।

बहू सास की बात सुनकर चुप हो गई और खाट बिछा दी। रात में ससुर को देखने के लिए वह जागती भी रही। जब ससुर आया, तो खाट पर बैठकर सास से ख़ूब बातें करता रहा। सास के उठते ही ससुर लेट गया। यह देखकर बहू मन-ही-मन जल गई। सोचती रही, सास कितना झूठ बोलती है। मैं भी इसे इसी तरह की बात बताऊंगी और वह समय का इन्तज़ार करने लगी।

संयोग से वह समय आ गया। एक दिन बहू का बाप मिलने के लिए आया। दो-तीन घंटे बैठकर उसे वापस जाना था। न उसे ज़्यादा रुकना था और न भोजन करना था, क्योंकि लड़की के घर का भोजन करना पाप समझा जाता है। बहू के बाप के आने के ठीक एक घंटे बाद पास के गांव से एक आदमी दावत देने आया। बहू के ससुर ने अपने समधी का परिचय उससे कराया। उसने उसके समधी को भी भोजन में शामिल होने का नोता दे दिया और चला गया। दावत उसी दिन शाम

की थी।

शाम होने के पहले बहू का बाप अपने घर जाने के लिए चलने लगा, तो उसके ससुर ने समधी से रुकने और शाम को दावत में चलने के लिए कहा। जब वह नहीं माना, तो सास ने बहू से कहा कि वह अपने पिता को रुकने के लिए कहे। बहू को तुरन्त पिछली बात याद आ गई। उसने सांस से कहा, "अम्मा, इनके साथ एक खाट भेजनी पड़ेगी।"

बहू की बात सुनकर सास को बड़ा अटपटा लगा। सास ने कहा, "पागल हो गई है क्या? खाट भेजने की क्या ज़रूरत है?"

बहू ने कहा, "अम्मा, हमारे यहां खाने वालों के वापस आने के लिए 'खाट साथ जाती है'। लोग इतना खाते हैं कि खाना खाकर वहीं ढेर हो जाते हैं। उनमें उठते तक की हिम्मत नहीं रहती। लोग खाट पर लिटाकर ही लाते हैं।"

सास ऐसे चुप हो गई, जैसे उसे सांप सूंघ गया हो।

अंडे सेवे कोई, बच्चे लेवे कोई

गांव की चौपाल के पास एक पीपल का पेड़ था। कई दिनों से कौवा और कव्वी उस पर अपना-अपना घोंसला बना रहे थे। कोयल वहां रोज़ाना आती थी। कभी पीपल की इस डाल पर बैठती, कभी उस डाल पर। कुछ देर कुहू-कुहू कर बोलती और उड़ जाती, लेकिन जितनी देर कोयल पीपल पर रहती, कौवा और कव्वी को घोंसला बनाते देखती रहती। दोनों अपनी-अपनी चोंच में सूखे तिनके और टहनियां लाते और घोंसले में लगाते।

कुछ दिनों में कौवा और कव्वी ने अपना घोंसला तैयार कर लिया और उसी में रहने लगे। कुछ दिन बाद कव्वी ने घोंसले में अंडे दिए। कोयल यह सब देखती रही। उसी दिन कोयल ने भी अपने घोंसले में अंडे दिए। कोयल दूसरे दिन उस पीपल पर आई। उसने देखा, घोंसले में कोवा और कव्वी नहीं हैं। कहीं भोजन की जुगाड़ में गए थे। घोंसले में अंडे रखे थे। कोयल को अच्छा मौक़ा मिला और वह उड़कर अपने घोंसले में आ गई। उसने अपना एक अंडा लिया और उड़कर पीपल पर कौवे के घोंसले में आ गई। उसने अंडा कव्वी के अंडों में रख दिया। इसी प्रकार दूसरा अंडा भी ले आई और उस घोंसले में रख दिया। कव्वी और कोयल के अंडे आकार और रंग में एक जैसे थे।

अंडे एक जैसे थे, इसलिए किसी प्रकार का शक नहीं था। अब कव्वी अपने और कोयल के अंडों की देखभाल करती और अंडों को सेती। कोयल भी रोज़ाना इस बात की निगरानी करती रहती कि अंडों

में से बच्चे कब निकलते हैं। एक दिन उसने घोंसले से बच्चों की आवाज़ सुनी। कोयल समझ गई कि अब अंडों से बच्चे निकल आए हैं।

अब कोयल दूर डाल पर बैठी-बैठी कव्वी को बच्चों को चुगाते देखती रहती। एक दिन कोयल ने देखा कि घोंसले पर कौवा-कव्वी कोई नहीं है, तो वह उड़कर घोंसले में पहुंच गई। वह वहीं कुछ क्षण बैठी-बैठी अपने बच्चों को पहचानती रही। कुछ देर बाद वह उड़ गई।

जब कभी कौव्वा-कव्वी अपने घोंसलें पर नहीं होते थे, तो कोयल आकर अपने बच्चों को देख लेती थी। कुछ दिन बाद बच्चे फुदकने लगे। वे घोंसले से निकलकर डाल पर बैठ जाते। दोनों के बच्चों के रंग और सूरत एक-सी थी, इसलिए कौवा-कव्वी कोयल के बच्चों को पहचान नहीं सके। सब बच्चों को अपने बच्चे समझकर देखभाल कर रहे थे।

ठाकुर काका चौपाल पर बैठे-बैठे हुक़्क़ा पीते रहते थे और कोयल की करतूतों को देखते रहते थे। जब कव्वी ने अंडे दिए थे, काका उसी

समय से कोयल के ऊपर नज़र रख रहे थे। काका कोयल की चालाकी पर मन-ही-मन मुस्कुराते रहते। बच्चे अब उड़कर पीपल की डालों पर बैठने लगे थे। काका बच्चों को देख रहे थे। उसी समय कोयल आई और अपने बच्चों के पास बैठ गई। यह देखकर काका ने अलाव को घेरकर बैठे लोगों को दिखाया। देखते-ही-देखते कोयल उड़ी, तो उसके बच्चे भी उसके साथ उड़ चले। उनको उड़ते देखकर ठाकुर काका बोल उठे, "देखा, 'अंडे सेवे कोई, बच्चे लेवे कोई'।" ठाकुर काका की बात सुनकर सब लोग हंस दिए।

कानी काजर देय

एक कानी थी। वह हमेशा सज-धजकर रहती थी। ख़ूब सिंगार करती। बड़े चाव से आंखों में काजल लगाती। सारा गांव उसके इस बनाव-ठनाव को देखता। घर का काम-काज करके रोज़ाना दरवाज़े पर खड़ी रहती।

कानी सिंगार करके इस तरह इतराती डोलती मानो उसका पति घर आ रहा हो और वह पति के स्वागत के लिए बेचैन हो। यह भी मन में सोचती रहती कि सब लोग उसे देखते हैं। उसके सिंगार को देखते हैं। वह बहुत अच्छी लगती है। गांव के लोग उसके इस इतराने पर हंसा करते थे। उसका मज़ाक़ उड़ाते।

वैसे भी गांव की औरतों में, ख़ासकर लड़कियों में बड़ी सादगी होती है। गांव की कोई भी लड़की उस कानी की तरह बन-ठनकर नहीं रहती थी। यदि वे सिंगार करें, तो और अच्छी लग सकती हैं। गांव की औरतें कहतीं कि इस कानी को क्या सूझा है कि इतना सिंगार करके घूमती फिरती है।

एक दिन कानी के पड़ोस से गीतों का बुलावा आया। कानी सज-धजकर गीत गाने पहुंच गई। जब वह पहुंची तो गीत गाए जा रहे थे। वह भी किनारे पर बैठ गई। उसके पहुंचते ही औरतों में काना-फूसी होने लगी। कुछ औरतें कानी से बतियाने लगीं। कुछ गीत गाते-गाते पलटकर उसे देख रही थीं। कानी भी समझ रही थी कि औरतें उसे देख

रही हैं।

कुछ औरतों ने मज़ाक़ शुरू कर दिए थे। एक औरत मुंहफट थी। उसने सीधे-सीधे कह दिया, "देखो तो, बिआई न ठिआई, 'कानी काजर देय'।"

ख़सम का खाए, भाई का गाए

एक आदमी था। उसके परिवार में बूढ़ी मां और पत्नी थी। पत्नी से उसका ख़ूब झगड़ा रहता था। एक दिन पत्नी उसे खरी-खोटी सुना रही थी, "विवाह से अब तक तुमने मेरे लिए किया ही क्या है? विवाह की साड़ियां तो अब तक चल रही हैं। वे भी मेरे मायके वालों ने दी थीं। यह साड़ी जो पहने हूं, अबकी अपने भाई के यहां से लाई थी। जब जाती हूं, तो पहनने के कपड़े वहीं से लाती हूं।"

उसके पति ने कहा, "और जो मैं कमाकर देता हूं, वह कहां जाता है? पैसों को पानी की तरह बहाती हो।"

बड़ी तुनकमिजाज़ थी उसकी पत्नी। रूठकर बोली, "हां-हां, मैं यहां से ले जाकर अपने मायके में दे आती हूं। तुम्हारी कमाई से ही मेरे मायके वाले ज़िन्दा हैं ना। अरे, सच तो यह है कि मैं अपने मायके से कुछ न लाऊं, तो घर चलाना मुश्किल हो जाए। जब जाती हूं, तो कुछ-न-कुछ लेकर आती हूं और जब कोई आता है, तो देकर ही जाता है।"

उल्टा चोर कोतवाल को डांटने वाली बात थी, जब कि वह सचमुच मायके वालों की मदद करती रहती थी। कभी पैसे देकर आती थी, तो कभी कपड़े दे आती थी। जब भाई आता था, तो उसे भी कुछ-न-कुछ दे देती थी। इस पर भी आस-पड़ोस में ढिंढोरा पीट रखा था कि ख़ुद मायके से लाती है।

बेचारी मां जानती थी कि बहू उसके बेटे की कमाई से अपने मायके

वालों की सहायता करती है और उल्टा उसे और उसके बेटे को बदनाम करती है। वही नहीं, बल्कि आस-पड़ोस के लोग और रिश्तेदार भी जानते थे कि यह औरत अपने मायके की झूठी शान बघारती रहती है।

जैसे-जैसे दिन बीतते गए, पति-पत्नी का झगड़ा बढ़ता गया। पति को तनाव रहने लगा। उसकी मां बेटे के दुख को समझती थी, लेकिन बहू के आगे किसी की नहीं चल पाती थी। वह अपने बेटे को ही चुप हो जाने के लिए कहती रहती थी।

एक दिन पत्नी ने चिल्ला-चिल्लाकर तमाशा खड़ा कर दिया। आस-पड़ोस के तमाम लोग इकट्ठे हो गए। वह मायके की बढ़ाई और घर की बुराई करती रही। इसके अलावा और न जाने क्या-क्या बकती रही।

पड़ोस की औरतों ने उसे बहुत समझाया कि बहू ऐसा नहीं बोलते, लेकिन वह थी कि किसी की बात सुनने को तैयार नहीं थी। वहां एक औरत खड़ी थी। मोहल्ले वाले उसे काकी कहते थे। उसको इस बहू की बातों पर ग़ुस्सा आ गया और लगी बोलने, "तुझे शर्म नहीं आती इस तरह की बातें करते। ऐसी बहू मैंने कभी नहीं देखी, जो 'ख़सम का खाए, भाई का गाए'।"

दूध पिलाने से विष नहीं जाता

सावन का महीना था। गांव में एक सपेरा आया। उसने एक गली में पिटारा खोला। झोला और डंडा रखकर अपना खेल दिखाने लगा। पहले तो उसने हाथ की सफ़ाई के खेल दिखाए। अन्त में बीन बजाई और पिटारे में से कई तरह के सांप निकाले। जैसे घोड़ा पछाड़, दो मुंहा और काले नाग का जोड़ा।

उसी बस्ती में एक आदमी था, जो बड़ा निडर था। वह सांपों से डरता नहीं था। लोग तोता पालते हैं, मैना पालते हैं, कुत्ते और बिल्ली पालते हैं। कोई-कोई नेवला पालता है, लेकिन वह ऐसा था, जो कई वर्षों से सांप पालने की सोच रहा था। वह आदमी सपेरे के पीछे पड़ गया और पालने के लिए सांप मांगने लगा। सपेरे ने बहुत समझाया कि हम लोग अपनी रोज़ी-रोटी के लिए पालते हैं। सांपों को पालना हमारी मजबूरी है। जान का ख़तरा हमेशा बना रहता है, लेकिन फिर भी वह आदमी नहीं माना, तो सपेरे ने कहा कि अबकी बार आऊंगा, तब लेता आऊंगा।

इस बार सपेरा आया तो उसके लिए सांप का एक बच्चा ले आया था। सुनकर वह सपेरे के पास तुरन्त पहुंच गया। उसने सांप का बच्चा ले लिया। सपेरे ने भोजन के रूप में सांप के बच्चे को दूध पिलाते रहने के लिए कहा। कुछ और सावधानियां भी बताईं। वह सांप को घर ले आया और सावधानी से पालने लगा। और नियम से दूध पिलाता रहा। सांप को लेकर वह कभी-कभी गांव में भी घूम आता था। वह उसे अपनी

गर्दन में डाले रहता।

घर में पत्नी थी और एक लड़का। पत्नी तो सांप से दूर रहती और अपने लड़के को भी दूर रखती, लेकिन कई बार लड़का अपनी मां की बात नहीं मानता था। लड़के का डर भी धीरे-धीरे निकल गया। बाप-बेटे को पूरा विश्वास हो गया कि सांप दूध पीता है, इसलिए इसमें विष होने का कोई मतलब नहीं।

सांप भी उनसे ख़ूब हिल-मिल गया था और उस परिवार का ध्यान रखता था। लड़का कभी-कभी सांप को परेशान करता, तो वह सहन कर लेता था। ज़्यादा परेशान करता, तो वह फुंफकार देता। एक दिन लड़के ने सांप को बहुत परेशान किया। उसने कई बार फुंफकारकर उसे डराया, ताकि वह अधिक परेशान न करे। इससे लड़का चिढ़ गया और सांप की पिटाई करने पर उतारू हो गया। सांप को भी ग़ुस्सा आ गया, फिर तो उसने लड़के को काट लिया। थोड़ी देर बाद लड़का मर गया। यह ख़बर गांव में फैल गई। तमाम लोग वहां इकट्ठे हो गए। वह आदमी भी घर आ गया था। उसे बड़ा अचरज हो रहा था कि सांप तो दूध पीता था, तब उसके विष कहां से आया? आख़िर वह फूट-फूटकर रोने लगा।

लोग आपस में बातें कर रहे थे। एक आदमी ने कहा, " 'दूध पिलाने से विष नहीं जाता।' पागलपन में उसने अपना लड़का गंवा दिया।"

आप डूबे, तो जग डूबा

एक गांव के पास गंगा नदी थी। नदी में ख़ूब पानी था और बहाव भी कुछ तेज़ था। गांव के लोग नदी में रोज़ाना स्नान किया करते थे। अमावस्या और पूर्णमासी के दिन आस-पास के गांवों के लोग भी स्नान करने आया करते थे।

एक बार सोमवार के दिन अमावस्या पड़ी। कई गांवों के लोग स्नान करने आए हुए थे। सभी किनारे पर बैठकर स्नान कर रहे थे, तो कुछ लोग तैरकर आगे निकल जाते थे।

एक आदमी पास के ही गांव से आया हुआ था। वह कमर तक गहरे पानी में खड़े होकर स्नान कर रहा था। जैसे ही उसने पानी में एक क़दम और आगे बढ़ाया, उसके पैर नीचे से उखड़ने लगे। उसने बहुत कोशिश की कि उथले में आ जाए, लेकिन ऐसा हो नहीं सका। उसके पैर ऊपर उठने लगे और सिर पानी में जाने लगा। वह हाथ-पैर मार रहा था और गोते खा रहा था। वह ज़ोर-ज़ोर से चिल्लाने लगा, "अरे भैया, बचाओ! मैं डूबा, तो जग डूबा।"

स्नान करने वालों में अच्छे तैराक भी थे। उसे बचाकर तेज़ी से नदी के किनारे ले आए। उन्होंने उल्टा करके उसके पेट का पानी निकाला। थोड़ी देर में उसे होश आ गया। लोगों ने पूछा, "भाई, तुम चिल्ला रहे थे कि मुझे बचाओ। मैं डूबा, तो जग डूबा। यह तो ठीक है कि तुम डूब रहे थे। लोगों ने बचा लिया, लेकिन यह जग कैसे डूब

रहा था?"

सबकी बातें सुनकर वह बड़े आराम से बोला, "भाइयो, यदि मैं मर जाता। तो इस जग को नहीं देख पाता, यानी मेरा मरना मेरे लिए जग के मरने के बराबर हुआ। जो मैं चिल्ला रहा था कि मुझे बचा लो, जग बचा लो, यानी आपने मुझे बचा लिया, तो समझो, आपने जग को बचा लिया, क्योंकि अब मैं ज़िन्दा हूं और ज़िन्दा रहते इस जग को देखता रहूंगा, यानी आपने मेरे लिए जग को बचा लिया, यानी मेरे ज़िन्दा रहते, मेरे लिए जग ज़िन्दा है। मेरे मरते ही मेरे लिए जग मर जाएगा।"

सब लोग सोचते हुए अपने-अपने घर चल दिए। कई लोग रास्ते में आपस में बातें करते जा रहे थे, "वह ठीक ही तो कह रहा था, 'आप डूबे, तो जग डूबा'। आप मरे, तो जग मरा।"

चट्टो खोए एक घर, बत्तो खोए चार घर

चम्पा बचपन में बहुत बातूनी थी। शादी के बाद भी वह अपनी इस आदत को छोड़ नहीं सकी। वैसे तो सभी औरतें खाना बनाकर तथा घर के काम-काज निबटाकर एक साथ बैठकर बतिया लेती थीं, लेकिन चम्पा इसके अलावा भी बातें करती ही रहती थी।

आपस में बतियाने के बाद जब सब औरतें अपने-अपने घर चली जातीं, तो वह कभी किसी के घर पहुंच जाती और कभी किसी के घर। जिसके यहां जाती तो घरवाली उसके पास आकर बैठ जाती और बातें करती रहती। न जाने कहां-कहां और किस-किस की बातें करती। उसके पास बातों का ख़ज़ाना होता। न मना करते हुए उसका मुंह दुखता और न वह उठने का नाम लेती। घरवाली यही सोचती रहती कि चम्पा कब जाए और कब वह शाम का खाना बनाने की तैयारी करे। लेकिन वह टस-से-मस नहीं होती। घरवाली भी सोचती कि कहीं चम्पा बुरा न मान जाए। जब चम्पा देखती कि घरवाली अब बातों में दिलचस्पी नहीं ले रही है, तो वह उठकर चली जाती।

कभी-कभी वह सुबह ही किसी के घर पहुंच जाती और बातें करने बैठ जाती। घरवाली कपड़े धोना, बर्तन मांजना कोई भी काम नहीं कर पाती। उसके जाने के बाद वह सब काम करती और शाम को खाना बनाने में देर हो जाती।

शुरू-शुरू में औरतें चम्पा की बातें मज़े के लिए सुनती रहतीं और

फिर उकता जातीं, तब भी चम्पा अपनी आदत को नहीं बदल सकी। आख़िर पड़ोसनों ने अपने-अपने ढंग से चम्पा के प्रति रवैया बदल दिया। जैसे ही चम्पा दरवाज़े पर आवाज़ देते हुए आंगन में पहुंचती तो घरवाली कोई बहाना बनाकर वहां से चली जाती। कुछ घरवालियां बीमारी का बहाना करतीं और कुछ ज़रूरी काम बताते हुए बाहर निकल जातीं। अब चम्पा को बिना बतियाये वापस लौटना पड़ता।

अब वह किसी ज़रूरी काम के लिए भी जाती, तो औरतें बात करने से कतरातीं और बहाना बनाकर चली जातीं। धीरे-धीरे उसका दूसरों के घर आना-जाना बन्द हो गया। अब वह शर्म के मारे दोपहर को भी औरतों के बीच नहीं जाती।

नवरात्रों के दिन थे। देवी के गीत गाने के लिए औरतें इकट्ठा हो रही थीं। एक औरत ढोलक लेने गई थी। तब तक दूसरी औरतें इधर-उधर की बातें करने लगीं। बड़ी अम्मा कह रही थीं, "सरबतिया के घर का हाल तो देखो, उसने अपना ही घर बर्बाद कर लिया। बच्चे ऐसे ही मैले-फटे कपड़े पहने घूमते रहते हैं। पढ़ने जाते नहीं। कहां घूमते रहते हैं, उसको कुछ पता नहीं रहता। बच्चों को खाना भी पूरा नहीं मिलता। आदमी इतना लाता है कमाके, न जाने क्या करती है।"

रूपा बोली, "अरी अम्मा, बड़ी चट्टो है। न जाने क्या-क्या खाती रहती है। दिन-भर भैंस की तरह चरती है। सोलह-सिंगार किए बैठी रहती है दरवाज़े पर। अब कुछ नहीं रहा। घर उजाड़ दिया उसने। इसका आदमी भी अब शराब पीकर काफ़ी रात गए आने लगा है।"

एक बात ख़त्म हुई, तो दूसरी बात चल पड़ी चम्पा की। एक औरत बोली, "अरी बहन, चम्पा ने तो आना-जाना ही छोड़ दिया। बहुत बातूनी थी। अब अकेली पड़ी रहती है घर में।"

उसकी बात ख़त्म होते ही बड़ी अम्मा बोली "अरे बहू, 'चट्टो खोए एक घर, बत्तो खोए चार घर'।"

सुनकर औरतें अपने सिर हिलाने लगीं, जैसे सब-कुछ समझ गई हों।

रुपए तो शेख़, नहीं तो जुलाहा

एक नगर में बुनकरों का एक टोला था। उसमें अधिकतर जुलाहे ही रहते थे। वे अपने-अपने घरों में खड्डी लगाकर हाथ से कपड़े बुना करते थे। सुबह से शाम तक खटर-पटर की आवाज़ें होती रहती थीं। रज़ाक़ मियां भी इसी बस्ती में रहते थे। इनकी भी एक खड्डी थी। वह दिन-भर काम में लगे रहते। काम-चलाऊ तक पढ़े थे। अपने मतलब का लिख-पढ़ लेते थे।

रज़ाक़ मियां समाज की सेवा के साथ ही खरी और साफ़ बात किया करते थे। दरवाज़े पर कोई ज़रूरतमन्द आता, तो अपना काम छोड़कर उसके साथ चल देते। हालांकि उनकी इस आदत से परिवार के लोग परेशान थे। काम नहीं दाम नहीं, फिर घर कैसे चलता! आए दिन घर में चिक-चिक होती रहती। कभी आटा ख़त्म हो जाता, तो कभी सब्ज़ी के लिए पैसे नहीं होते। जब वह अपने लिए जूते ख़रीदने की सोचते, तो घर में किसी-न-किसी चीज़ की ज़रूरत पड़ जाती और हाथ के पैसे यूं ही ख़र्च हो जाते।

घर के लोग कहते, क्या रखा है दूसरों की भलाई में। अपना घर बर्बाद किए दे रहे हो। आख़िर वे यह कहकर सब्र कर लेते कि चलो, बिरादरी के लोग इनको इज़्ज़त तो देते हैं। कभी-कभी कहते कि देखो, जुम्मन शेख़ को, वह भी समाज की सेवा करता है, लेकिन पैसा भी पैदा करता है। उसको सरकार अहलकार तक इज़्ज़त से पुकारते हैं, लेकिन वह रज़ाक़ मियां और जुम्मन शेख़ की समाज सेवा का अन्तर नहीं

समझते थे और न समझने की कोशिश करना चाहते थे।

जब भी टोले में कोई सभा-जलसा होता, तो तमाम लोग इकट्ठे होते। ख़र्चे के लिए आपस में चन्दा इकट्ठा कर लिया करते। जब पैसे इकट्ठे होने का समय आता, तो रज़ाक़ मियां के बारे में लोगों का विचार बदल जाता। वहां उस आदमी को अधिक सम्मान मिलता, जो सबसे ज़्यादा चन्दा देता। चन्दा लेते समय तब कोई नहीं सोचता कि पैसा नेक कामों से कमाया है या बेईमानी से। ऐसे मौक़े पर रज़ाक़ मियां मायूस हो जाते।

एक दिन एक समारोह किया गया। रज़ाक़ मियां ही सब-कुछ करते नज़र आ रहे थे। सब लोग उनका सम्मान कर रहे थे, कहना मान रहे थे और झुक-झुककर सलाम कर रहे थे। चन्दा देते समय हमेशा की तरह सबसे अधिक पैसा जुम्मन शेख़ ने दिया। उसके इस दान को लेकर लोगों ने कहा, "वाह भई, जुम्मन शेख़ का जवाब नहीं। दिल खोलकर दान देते हैं।"

यह सुनकर रज़ाक़ मियां अपने को छोटा महसूस करने लगे। चेहरा

उतर-सा गया। तमाम लोगों ने उनकी इस मायूसी को समझा, लेकिन कुछ कहने की हिम्मत नहीं थी, लेकिन एक बुजुर्ग चुप न रह सके। वह खरी बात कहने के लिए मशहूर थे। उन्होंने कहा, "रुपए तो शेख़, नहीं तो जुलाहा।"

रज़ाक़ मियां उनकी तरफ़ देखते रह गए।

दोस्ती में ग़रीबी आड़े नहीं आती

श्रीकृष्ण और सुदामा दोनों बचपन में साथ पढ़ते और साथ-साथ खेलते थे। सारा-सारा दिन साथ बने रहते। गहरी दोस्ती हो गई थी दोनों में। सुदामा ग़रीब परिवार से थे। श्रीकृष्ण को मथुरा गए कई वर्ष हो गए थे और अब तो वह मथुरा छोड़कर द्वारिकापुरी पहुंच गए थे। सुदामा ब्राह्मण थे, लेकिन पंडिताई का धन्धा उन्हें रास नहीं आया। उनके पास खेती-बाड़ी भी नहीं थी। गुज़ारा मुश्किल से चलता था। पत्नी भी सोच में डूबी रहती थी। दोनों को चिन्ता खाए जा रही थी कि ज़िन्दगी कैसे कटेगी? आए दिन कुछ-न-कुछ कमाने का जुगाड़ करते रहते, पर कभी भी पूरा नहीं पड़ता था।

एक दिन पत्नी ने सुदामा से कहा, "श्रीकृष्ण जी आपके बचपन के सखा रहे हैं। द्वारिकापुरी में राज कर रहे हैं। वहीं चले जाओ। उनको अपनी हालत के बारे में बताना। शायद कोई रास्ता निकल आए।"

सुदामा पत्नी को समझाते हुए बोले, "पागल हो गई हो। तब तो वह बालक थे। साथ-साथ पढ़ते-खेलते थे। अब तो वह राजा हो गए हैं। द्वारिका जाने के बाद एक बार भी वह न इधर आए और न मेरा हाल-चाल लेने के लिए किसी को भेजा। भला अब उनका और मेरा क्या साथ। मेरे तन पर तो ये फटे हुए कपड़े हैं।" और इस तरह सुदामा कृष्ण के पास जाने के लिए मना कर देते, लेकिन जब पत्नी ने बार-बार द्वारिकापुरी जाने के लिए सुदामा से कहा, तो एक दिन तंग आकर सुदामा

ने कहा, "तू जाने की रट लगाए रहती है। चला जाऊंगा। तेरे मन को तभी चैन मिलेगा।"

सुदामा जब घर से चले, तो बहुत झिझक रहे थे। पहली बार सुदामा अपने दोस्त के पास जा रहे थे। दोस्त के लिए कुछ भेंट तो ले जाना ही चाहिए, लेकिन उनके घर में कुछ भी नहीं था। यहां तक कि भोजन का कोई सामान भी नहीं था, जिससे कुछ पकवान बनाया जा सकता। घर में कुछ चावल पड़े थे। सुदामा की भोली-भाली पत्नी ने एक छोटी-सी चावल की पोटली दे दी। पोटली लेते हुए सुदामा ने कहा कि एक राजा को ये चावल कैसे देंगे? क्या वह स्वीकार कर लेंगे? लेकिन वह पत्नी की हठ को देखते हुए चावल की पोटली लेकर द्वारिकापुरी के लिए चल दिए।

गर्मी के दिन थे। सुदामा दुबले-पतले तो थे ही। सारा दिन गर्मी में चलते रहे। दोपहर की धूप और गर्म हवा में परेशान होकर पसीना-पसीना हो जाते। थक जाते, तो किसी पेड़ की छाया में बैठकर आराम कर लेते। सुस्ताकर फिर चल देते। रात होते ही किसी नदी किनारे रुक जाते। सुबह स्नान आदि करके तथा कुछ खाकर फिर चल देते। इसी तरह चलते-चलते कई दिनों बाद सुदामा द्वारिकापुरी जा पहुंचे।

पूछते-पूछते सुदामा महल तक जा पहुंचे। महल की बाहरी सुन्दरता देखकर सुदामा दंग रह गए। द्वारपाल भी सुन्दर कपड़े पहने खड़ा था। काफ़ी देर तक सुदामा यूं ही खड़े रहे। साहस नहीं हुआ कुछ पूछने का। आख़िर सुदामा ने द्वारपाल से कहा कि मैं श्रीकृष्ण जी से मिलना चाहता हूं। द्वारपाल ने सुदामा को सिर से पैर तक देखा, दुबला-पतला शरीर, फटे हुए कपड़े, आम आदमी से गई-गुज़री हालत थी। हाथ में एक लकड़ी और बग़ल में एक छोटी-सी पोटली। सिर और पैर नंगे। द्वारपाल ने सोचा, कोई भिखारी है। यही समझकर द्वारपाल ने कहा, "दूसरे दरवाज़े पर चले जाओ। वहां कुछ मिल जाएगा।"

सुदामा ने फिर कहा, "मैं उनसे मिलने आया हूं।"

जब द्वारपाल ने सुदामा से मिलने का कारण पूछा, तो उन्होंने कहा कि कन्हैया मेरे बचपन के दोस्त हैं।

यह सुनकर पहले तो द्वारपाल हंसा, फिर उसने सुदामा का मज़ाक़ उड़ाते हुए कहा, "द्वारिका महाराज श्रीकृष्ण जी को आप ही मिले थे दोस्ती के लिए!" और उसने सुदामा से भाग जाने के लिए कहा, लेकिन वह इतनी दूर से कुछ आशाएं लेकर आए थे। अब जाते कहां? उनकी आंखों में आंसू छलछला आए। वह हाथ जोड़कर गिड़गिड़ाने लगे, मैं यहीं मर जाऊंगा, लेकिन बिना मिले नहीं जाऊंगा।"

यह हठ देखकर द्वारपाल सोच में पड़ गया। सुदामा की आंखों में आंसू देखकर थोड़ा नम्र हुआ। उसने उन्हें इस बात पर राज़ी कर लिया कि महाराज के पास सन्देश भेज देते हैं। यदि वह मिलना चाहेंगे, तो बुलवा लेंगे और उसने अपने साथी को श्रीकृष्ण के पास भेज दिया।

जो लोग उधर से गुज़र रहे थे, वे सुदामा को गिड़गिड़ाते और द्वारपाल को झिड़कते देखकर रुक गए। वहां एक भीड़-सी लग गई।

भीड़ दरवाज़े की ओर नज़रें गड़ाए देखती रही कि क्या होता है?

थोड़ी देर बाद लोगों ने देखा कि द्वारिका के महाराज श्रीकृष्ण नंगे पैरों तेज़ क़दमों से चले आ रहे हैं। श्रीकृष्ण ने दरवाज़े पर फटे-मैले कपड़े पहने एक दुबले-पतले आदमी को देखा। एक पल सकते में रहे और फिर लपककर सुदामा को अपनी बांहों में भर लिया। सुदामा और श्रीकृष्ण दोनों की आंखों से आंसू गिर रहे थे।

यह सब देखकर भीड़ में खड़े ज़्यादातर लोगों की आंखों में भी आंसू आ गए। उसी भीड़ में से एक आदमी बोला, "दोस्ती में ग़रीबी आड़े नहीं आती।"

करो तो क्या नहीं होता

हस्तिनापुर के पास एक घना जंगल था। उस जंगल के किनारे निषादों की एक बस्ती थी। उस बस्ती में एक बालक था। वह तीर चलाने में बहुत होशियार था। वह सारा दिन तीर चलाता रहता था। छोटे-छोटे पक्षियों को शिकार बनाया करता।

एक दिन वह बालक जंगल में तीरन्दाज़ी कर रहा था। उसने देखा कि थोड़ी दूर पर एक रथ खड़ा है और रथ के पास ही राजसी भेस में एक बालक और एक गुरु खड़े हैं। वह उनको कुछ दूरी से देखता रहा। गुरु उन बालकों को तीर चलाना सिखा रहे थे। उसे बड़ा अच्छा लगा। रोज़ाना छिपकर वह तीरन्दाज़ी देखता रहा। उसका मन होता कि वह भी उस गुरु से ही तीरन्दाज़ी सीखे, पर डरता था कि कहीं डांट-फटकारकर भगा न दें, फिर तो छिपकर भी नहीं देख सकेंगे।

एक दिन उसने साहस जुटाया और गुरु के पास चला गया। द्रोणाचार्य के चरण छूकर प्रणाम किया। उन्होंने ख़ुश रहो कहते हुए पूछा, "क्या तुम भी तीर चलाना जानते हो?"

उसने हां में सिर हिलाया। द्रोणाचार्य ने कहा, "आओ बालक, उस पेड़ पर चिड़िया बैठी है। उस पर तुम भी निशाना लगाओ।"

आज्ञा पाकर बालक ने निशाना साधा और तीर छोड़ दिया। तीर ठीक चिड़िया के पंजों के पास पेड़ की डाल पर लगा। चिड़िया आवाज़ करती हुई उड़ गई। उम्र में वह बालक राजा के बेटों से छोटा था। सभी

उसके निशाने को देखकर चकित रह गए। राजा के बेटों में इतना तेज़ कोई नहीं था, जो चिड़िया के इतने क़रीब निशाना लगा सके। द्रोणाचार्य उस बालक से बहुत ख़ुश हुए और उसके सिर पर हाथ रखकर पूछा, "तुम्हारा नाम क्या है बालक?"

"एकलव्य।"

"कहां रहते हो?"

"इसी जंगल के छोर पर एक बस्ती में।"

द्रोणाचार्य समझ गए कि यह होनहार बालक निषाद बस्ती का है। थोड़ी देर रुककर झिझकते हुए संकोच के साथ बालक ने कहा, "गुरुदेव, क्या आप तीर चलाना मुझे भी सिखाएंगे?"

एकलव्य की बात सुनकर द्रोणाचार्य उलझन में पड़ गए। हालांकि वह बालक एकलव्य की तीरन्दाज़ी पर मोहित थे, लेकिन राजकुमारों के साथ बराबरी के स्तर पर उसे तीरन्दाज़ी नहीं सिखा सकते थे। दूसरी बात यह थी कि राजकुमारों में उसके अचूक निशाने से लज्जा और घृणा के भाव भी पैदा हो सकते थे। इससे उसका बुरा भी हो सकता था। इसलिए सब तरह से विचार करके द्रोणाचार्य ने उसे तीरन्दाज़ी सिखाने से मना कर दिया। एकलव्य सहमा-सा धीरे-धीरे लौट पड़ा और जंगल में खो गया।

इस घटना से एकलव्य गहरी चिन्ता में डूब गया। दिन-दिन-भर बैठा सोचता रहा तीरन्दाज़ी के बारे में। आख़िर उसने तय किया कि अपनी मेहनत से तीरन्दाज़ी सीखेगा। वह मन लगाकर तीर चलाने लगा और अकेला ही सीखता रहा। वह एक ही चीज़ पर तरह-तरह से निशाना लगाता। कभी-कभी छिपकर दूर से द्रोणाचार्य के शिष्यों — अर्जुन, युधिष्ठिर, भीम, नकुल और सहदेव की तीरन्दाज़ी भी देख लेता। सीखते-सीखते वह बहुत जल्दी तीरन्दाज़ी में होशियार हो गया।

एक दिन द्रोणाचार्य ने अर्जुन आदि की परीक्षा ली। सोचा कि देखते

हैं, सीखते-सीखते कितने तेज़ हो गए! उन्होंने दूर एक पेड़ की डाल पर धातु की चिड़िया रखकर आंख में निशाना लगाने को कहा। एक-एक करके सबसे निशाना लगवाया। कई-कई बार मौक़े दिए गए। कोई भी खरा नहीं उतरा। वैसे अर्जुन का निशाना सबसे अच्छा था। एकलव्य आज भी छिपकर देख रहा था। आख़िर उससे रहा न गया। वह वहां पहुंचा। द्रोणाचार्य को प्रणाम कर चिड़िया की आंख बेधने की लिए आज्ञा मांगी। द्रोणाचार्य ने आज्ञा दे दी। एकलव्य ने निशाना साधा, तीर छोड़ा और सीधा चिड़िया की आंख में जाकर लगा। द्रोणाचार्य के साथ सब चिड़िया के पास देखने गए। देखा कि तीर चिड़िया की आंख में बीचों-बीच बिंधा हुआ है और चिड़िया धरती पर गिरी पड़ी है।

ख़ुशी से द्रोणाचार्य ने एकलव्य के सिर पर हाथ रखा। एकलव्य ने द्रोणाचार्य के चरण छुए। एकलव्य को उठाते हुए द्रोणाचार्य ने कहा, "देखा, 'करो तो क्या नहीं होता'!"

संन्यासी की पत्नी, न विधवा न सुहागिन

एक पंडित जी अपनी लड़की के लिए वर देखने गए। लड़का सुन्दर था, पढ़ा-लिखा था और काम-धन्धे से लगा था। उन्हें लड़के में सबसे अच्छी बात यह लगी कि वह धर्म-कर्म को मानने वाला था। नियम से पूजा-पाठ करता था। चूंकि पंडित जी ख़ुद धार्मिक चलन के थे, इसलिए उन्हें लड़का पसन्द आ गया और रिश्ता पक्का कर दिया। एक महीने बाद लड़की की शादी कर दी।

लड़की ससुराल आकर रहने लगी। क़रीब दो साल ही बीते थे कि लड़के ने संन्यास ले लिया और सब-कुछ छोड़कर एक आश्रम में रहने लगा। लड़के को घर तथा ससुराल वालों ने बहुत समझाया कि संन्यास तो चौथा आश्रम होता है। पहले तीन आश्रमों को पूरा करो। इनके बिना संन्यास अधूरा रहता है। लेकिन उसने किसी की भी बात नहीं मानी।

लड़की के कोई बच्चा भी नहीं था। वह उदास-उदास-सी रहती। उसको अकेला, उदास देखकर अकसर महिलाएं उसके पास आकर बैठ जातीं। कोई कहता, "संन्यासी बनना था, तो विवाह क्यों कराया?"

कोई कहता, "देखो तो बहू कितनी सुन्दर और सुशील है। कौन जानता था कि इसकी ज़िन्दगी में यही लिखा है।"

कोई कहती, "अभी तो पूरा जीवन पड़ा है। मालूम नहीं कैसे काटेगी?"

जब लड़की मायके आती, तो चार-चार पांच-पांच महीने रहती।

वहां भी घर-कुनबे और आस-पड़ोस की महिलाएं आ जातीं और तरह-तरह की बातें शुरू हो जातीं। मां कहती, "पहाड़ जैसी ज़िन्दगी पड़ी है काटने को।"

एक कहती, "कोई बच्चा भी तो नहीं है, जिसके सहारे जीवन काट लेती। फूल-सी लड़की कितनी कुम्हला गई है।"

कभी-कभी बाप आपे से बाहर होकर कहा, "अरे, निकम्मा है, काम करता था, सो छोड़-छाड़ दिया। मेरा बस चलता तो लड़की के लिए दूसरा लड़का देख लेता, लेकिन दुनिया ऐसा करने नहीं देगी।"

मायके में चाची की लड़की की शादी थी। वह भी मायके में ही थी। वहां सभी रिश्तेदार आए थे। उसकी बुआ, बहनें, दादी, चाची सभी बातें कर रही थीं। वह भी वहीं बैठी थी। कोई उसको हिम्मत बंधा रहा था। कोई संन्यासी को बुरा कह रहा था। उसकी दादी ने कहा, "अरे बेटा, तुम क्या जानो?...'संन्यासी की पत्नी, न विधवा न सुहागिन'।"

●●●